아이의
자존감을 높이는 대화법

송유순·조정숙 지음

예감

머 리 말

요즈음 자존감이 화두가 되었다. 모든 문제의 원인은 자존감 부족으로 인해 생긴 것으로 인식하기도 한다. 또한 자존감이 사람을 행복하게 만드는 원인이라고도 인식하고 있다. 따라서 우리의 아이들이 행복한 삶을 살기 위해서는 자존감이 높은 아이로 성장시키는 것이 무엇보다 중요하게 인식하고 있다.

사람은 태어나면서 부모와 가정이라는 작은 사회의 울타리 안에서 서로 상호작용하며 발생하는 모든 것들을 경험하고 습득하면서 성장하게 된다. 그리고 자신의 주위 환경, 타인들과 더불어 교류하는 사회화 과정에서 일어나는 많은 일들을 경험하게 되면서 자신의 가치를 알아간다. 그러나 요즈음 아이들은 빠르게 변해가는 현 사회에 맞추어 바쁘게 살아가다보니 자연스럽게 부모와의 상호작용 부족으로 인해 자존감이 낮아지기도 한다.

아이는 성장과정에서 부모의 사랑으로 자신에 대한 주관적 자아인식의 긍정적 평가로 자아개념을 형성하고 자신에 대한 자부심으로 높은 자존감을 갖게 된다. 자존감은 자신의 능력과 가치를 인정하는 것으로 외부로부터 받는 자신의 자아에 대한 긍정적 반응은 자존감을 형성하는데 지대한 영향을 끼친다.

따라서 아동기의 긍정적 자아개념과 자존감 형성은 아이에게 자신감을 심어주어 또래친구들이나 타인들과의 사회적 관계 속에서 발생하는 일들을 올바른 사고와 판단으로 바르게 성장하게 하고, 행복한 인생을 살게 해 준다.

긍정적 자아개념과 높은 자존감을 가진 아이는 살아가면서 어떤 문제를 만났을 때 자기감정을 조절할 수 있는 능력을 갖게 되며, 스스로 문제를 해결하려는 능동적인 모습을 보이게 된다. 그러나 그렇지 못한 아이는 자기통제 불능으로 심리적 어려움을 겪게 되고 소극적인 태도로 일관하며, 결국 왕따나 학교폭력

등 문제행동들이 나타나게 된다. 이와 같이 아동기의 긍정적 자아개념과 자존감 형성은 아이가 느끼고 판단하는 심리상태에 따라 영향을 받는 것으로 사회화 과정에서 올바른 사회적 관계를 맺을 수 있도록 가정에서의 부모의 역할은 매우 중요하다.

행복한 삶을 사는데 자존감이 중요하다는 사실이 사회 전반에 공유되어서, 이제는 자존감이 화두가 되어 누구나 자연스럽게 자존감을 이야기한다. 자존감의 필요성은 자존감에 관련된 도서들도 많이 나오고, 정보들이 넘쳐나고 있다. 자존감에 대한 정보가 넘쳐 나는 만큼 자존감을 둘러싼 잘못된 정보와 오해가 많으며, 자존감을 증진하기 위한 구체적인 프로그램을 찾기는 어렵다.

이 책은 자존감에 대한 정확한 정보를 제공하고, 실제로 아이들의 자존감을 높이기 위한 대화법과 자존감 활동지를 첨부하여 자존감 증진에 실질적인 도움을 주려고 하였다. 부디 이 책을 통해서 우리 아이의 행복한 인생을 위하여 자존을 높이기를 원하는 모든 사람에게 도움이 되길 바란다.

지은이 저자일동

차 례

1장

자존감이란 무엇인가?

자존감의 중요성

사람은 누구나 행복하게 살기를 원한다. 행복은 사람 안에 내재된 보편적인 열망이라고 할 수 있다. 사람들이 부와 명예, 출세, 높은 학력, 좋은 직장 등을 끊임없이 추구하는 이유는 이러한 조건들이 자신을 행복하게 해 줄 수 있다는 생각 때문일 것이다. 그러나 그런 외부적인 조건들은 사람에게 어느 정도 행복을 줄 수는 있지만 그리 오래가지 않는다. 사람은 자신이 찾은 행복이 완전하지 않다고 생각이 들면 부족함을 느끼며 더 나은 조건을 향해 달려가게 된다. 그러나 사람은 도전이라는 유전자를 가지고 있기 때문에 외부적인 성공을 모두 이루었다고 해도, 잠시 행복은 느낄 수 있어도 지속적으로 행복하게 만들지는 못한다.

사람이 진정으로 행복하기 위해서는 외부적인 조건보다는 내면에서 자신의 가치를 인정하고 스스로 존중할 수 있는 마음을 가져야 한다. 이러한 생각을 바탕으로 자신이 정말 괜찮은 사람임을 느낄 때 외부조건에 관계없이 완전히 행복한 삶을 누릴 수 있다. 자신의 가치를 인정하고 스스로 존중하는 마음을 자존감이라 한다. 결국 사람이 인생을 행복하게 살기 위해서는 자존감(self-esteem)의 증진이 가장 중요하다고 할 수 있다.

우리 주변에는 낮은 자존감으로 인하여, 행복은 고사하고 심리적으로나 정서적으로 힘든 삶을 사는 사람들이 의외로 많다. 자존감이 낮은 사람들은 자기 자신에 대하여 늘 만족하지 못하고, 자신을 존중하지 못하여 스스로 무시하며, 심한 경우에는 자해하고, 자살로 이어진다. 그런가하면 타인에게 분노하고 폭력을 가하기도 하며, 극단적인 경우에는 살인까지 범하기도 한다. 또는 부모나 아이를 괴롭히며, 학대하는 경우도 있다. 많은 사람들이 낮은 자존감으로 인하여 어려움을 당하고 있으며, 타인에게까지 그 피해를 주고 있다. 그 결과 행복을 잃어버린 사람들이 의외로 많다.

자존감(Self-regard)은 매우 평범한 단어임에도 불구하고 일관되고 보편성 있는 정의를 갖지 못한 개념이다. 우리가 우리 자신을 어떻게 바라보고 어떻게 느끼는가 하는 것은 매우 주관적이고 개인적인 가치평가이다. 인간이 자기 자신을 어떻게 이해하고 평가하느냐에 대해 오래 전부터 많은 연구가 진행되어 왔다.

사람들은 자신에 대한 정보를 경험을 통해 점차 쌓아가면서 자신에 대해 알게 된다. 이 때 자신에 대한 정보들을 바탕으로 '나의 이런 점은 긍정적이다, 나의 이런 점은 부정적이다'와 같은 판단을 하고 평가한다. 이는 자기 자신을 어떻게 알고 있는지가 자신에 대한 만족도를 결정하며, 더 나아가 이러한 만족도로 인해 앞으로의 문제나 상황에 대한 태도와 대처 행동이 달라지기 때문이다. 자존감은 객관적이고 중립적인 판단이라기보다 주관적인 느낌이기 때문에 보는 관점에 따라 정의가 다르다. 자존감에 대한 정의를 보면 다음과 같다.

자존감이라는 개념은 미국의 의사이자 철학자인 윌리엄 제임스(William James)의 <심리학의 원리(Principle of Psychology)>라는 책에서 처음 소개되었다. 자존감은 자신의 특징에 대해 만족하거나 불만족을 느끼면서 자신의 전반적인 면에 대해 평균적 느낌을 가지며 자존감이 형성된다고 하였다. 또한 그는 자존감을 욕구에 대한 성취의 비율 즉, 자존감=성취/욕구로 정의하였으며 자신에게 중요한 것을 성취하면 자존감은 높아질 것이라 주장하였다.

우리나라의 국어사전을 보면 자존감(自尊感)이란 자아존중감의 약어로서 '자기의 품위를 스스로 지키는 것'을 말한다. 다른 말로는 자존심(自尊心)이라고도 부른다.
매슬로우(Maslow 1954)는 자존감을 내적 자존감과 외적 자존감으로 나누어 설명하였는데, 내적 자존감은 다른 정의들처럼 자신에 대한 평가를 의미하며, 외적 자존감은 '타인이 나를 어떻게 생각하며 나에게 어떻게 반응하는가에 관련된 개념이라고 하였다.

미국의 교육자이자 심리학자인 쿠퍼스미스(Coopersmith 1968)는 자존감을 개인이 스스로를 능력이 있고 가치 있다고 자신을 믿는 정도를 가리킨다고 하였다. 즉 한 개인이 스스로를 얼마나 가치 있는 존재로 생각하고 있느냐 하는 스스로의 판단이라고 말한다.

로젠버그(Rosenberg 1965)는 자존감을 내적 기준이나 기대에 따라 자신에 대한 긍정적 또는 부정적 평가와 관련된 것으로 자신을 가치 있는 사람으로 생각하는 정도이고 자신에 관한 부정적 혹은 긍정적 평가와 관련되는 것으로서 자기존경의 정도와 자신을 가치 있는 사람으로 생각하는 정도라고 정의 내렸다.

브랜든(Branden 1992)은 자존감을 자기신뢰와 자기존경의 융화 즉 자신이 가지는 생의 가치와 유능성에 대한 확신으로 정의하였다. 그에 따르면 자존감은 개인적 효능감과 개인적 가치감의 상호 관련된 두 측면을 갖고 있는 것으로, 자존감이 높은 사람은 자신과 타인을 잘 수용하고 자신과 타인의 능력을 잘 인식하며 긍정적인 태도를 갖는 반면, 자존감이 낮은 사람은 자신에 대한 부정적인 태도를 지니며 도전이나 모험심이 적고 의존심이 많아 스스로 문제를 해결하기가 어렵다고 하였다.
결국 자존감은 자기 자신에 대한 긍정적인 평가와 자기 자신을 가치 있는 사람으로 여기는 것을 의미한다고 볼 수 있다.

이와 같이 많은 학자들의 견해를 종합해 보면 자존감이란 자신을 사랑하고 가치 있게 느끼며 자기 자신에 대하여 유능하고 능력 있는 존재로 여기는 생각이라고 정의할 수 있다.

자존감형성에 가장 큰 영향을 주는 부모

자존감에 영향을 끼치는 외부 요인 가운데 부모의 영양은 매우 중요하다. 부모는 인생에서 가장 오랫동안 같이 하는 사람으로 가장 많은 영향을 준다.

특히 영유아기의 아이들은 부모의 행동을 따라하면서 성장하기 때문에 부모의 자존감도 아이에게 긍정적인 영향을 미친다. 그러나 좋은 성품을 가진 부모 밑에서 자란 아이가 성장했다고 해서 나중에 꼭 부모처럼 되는 것은 아니다.

하지만 좋은 성품을 가진 부모 밑에 자란 것이 세상을 살아가는데 중요한 기준으로 작용하기도 하고 부모를 본받아 그런 성향이 자연스럽게 나타난다. 따라서 좋은 부모가 되기 위해서는 먼저 부모들이 높은 자존감을 가지고 아이들을 대해야 한다.

특히 자존감이 강한 아이가 되기를 원한다면 부모가 먼저 높은 자존감을 가지고 있어야함은 물론이고, 아이의 발달 단계에 따라 자존감을 높이기 위하여 지속적인 노력을 해야 한다. 아이들의 자존감은 부모와의 관계 속에서 형성되고, 자신이 사랑받고 있다는 생각에 큰 영향을 받는다.

아이들은 부모의 사랑을 받으면서 자신이 가치 있고 사랑받을 만한 존재라고 느끼게 되면 자존감은 자연스럽게 형성된다. 아이들은 부모의 충만한 사랑 속에서 자신이 존중받고 사랑받는 존재임을 느끼며 자신감을 얻게 되고, 스스로를 가치있는 존재로 여기면서 자존감을 형성해 나간다.

이때 부모의 자존감이 높다면 아이들의 표본이 되어 그런 모습을 자연스럽게 배우게 되고 아이에게 긍정적인 영향을 주게 된다. 또한 아이들에 대한 부모의 무조건적인 사랑은 다른 사람에게도 사랑을 베풀 수 있는 여유를 가지게 하고, 삶에 대한 에너지의 원동력이 되어 행복한 생활을 하게 만든다.

그러나 여기에서 주의해야 할 것은 부모의 무조건적인 사랑이라 해서 무제한적인 사랑을 말하는 것은 아니다. 무조건이란 말 그대로 조건이 없는 사랑을 주는 것을 말한다. 그러나 무제한적인 사랑이란 아이의 어떤 행동을 해도 사랑을 주는 것을 말하는데, 오히려 무제한적인 사랑은 아이에게 독이 될 수도 있다.

예를 들어서 아이가 잘못된 행동을 했는데도 훈육 없는 사랑만 준다면 아이들은 잘못된 인식을 형성할 수 있다. 따라서 아이들이 잘못된 표현이나 행동에 대해서는 차분히 설명하여 올바른 행동이나 표현을 가르쳐야 한다.

부모의 합리적인 가치와 기준이 명확할 때 아이의 자존감은 긍정적으로 자랄 수 있다. 하지만 아이의 잘못된 행동에 대해서도 부모의 무제한적인 사랑으로 그냥 넘어갈 때 자존감 형성에 악영향을 주어 왜곡된 자존감을 키울 수 있다.

어린 시절 부모의 완벽주의적인 양육방식 또는 아이들을 방치하거나, 무조건적인 거절, 정신적, 육체적인 학대 등의 경험은 유아의 무의식 속에 깊이 기억되어 성인이 되어서도 낮은 자존감을 갖게 하는 주요한 원인이 된다. 뿐만 아니라 부모가 자신이 원하는 아이로 성장시키기 위해 강압적이고 완고한 양육방식을 고수한다면 아이의 자존감을 떨어뜨릴 수 있다.

아이의 자존감을 높이는데 효과적인 부모의 활동은 아이에 대한 칭찬과 격려를 적절히 사용하는 것이다. 칭찬은 좋은 점이나 착하고 훌륭한 일을 높이 평가하는 것을 말한다. 사람은 누구나 칭찬을 받으면 상대방에게 인정받고 있다는 생각에 기분이 좋아진다.

아이들은 영유아 단계에서 부모와 거의 대부분의 시간을 보내고, 많은 것을 의존하기 때문에 절대적 존재인 부모의 칭찬은 아이에게 행복한 느낌을 주는데 가장 중요한 역할을 한다.

'칭찬은 고래도 춤추게 한다'라는 말이 있듯이 칭찬은 아이들의 자존감을 높이는데 중요한 역할을 한다. 칭찬은 아이에게 가장 빠르게 자신감과 행복감을 갖게 한다. 그러나 진정성 없는 칭찬과 의미없는 칭찬의 남발로 인해 아이가 인정 중독에 빠지지 않도록 주의해야 한다.

예를 들면 잘하지 않는 행동에 대해서 잘한다고 칭찬받거나, 어떤 일이든 칭찬을 받아야만 한다는 인정 중독에 빠지면 칭찬은 오히려 독이 될 수 있다.

인정중독에 빠진 아이는 칭찬이나 인정받기 어려운 일에 대해서는 도전을 꺼려하고 쉽게 포기한다. 항상 자신의 능력보다 낮은 목표를 세워 칭찬받는 것이 목표가 되는 경우가 많다. 당장 칭찬 받을 수 없는 일에 대해서는 시도 조차하지 않는다.

 행복의 조건 자존감

사람은 행복한 삶을 살기를 원하기 때문에 누구나 행복을 추구할 권리가 있다. 행복이란 단어를 사전에서 찾아보면 '생활에서 충분한 만족과 기쁨을 느끼어 흐뭇함'이라고 되어 있다.

고대 철학자 아리스토텔레스(Aristoteles)는 삶의 의미이며 목적을 행복으로 보았고, 인간의 행위로 얻을 수 있는 최고의 것 역시 행복이라 주장하며, 모든 사람들이 스스로 행복을 느끼는 것은 매우 중요하다고 하였다. 행복은 무형적이고 형이상학적인 측면이 있어 명확한 정의를 내리는 것은 쉽지 않다.

행복은 만족과 기쁨을 누리면서 자신의 삶이 좋고 의미가 있으며 가치 있다고 생각하는 상태이다. 즉 행복은 주관적인 것으로 개인의 경험 내에 존재하는 것이고 삶의 긍정적이며 적극적인 측면을 반영하는 것이다.

따라서 행복은 개인이 스스로 선택한 준거에 따라 자신의 삶을 긍정적으로 평가할 때 느끼게 되는 심리상태이다. 결국 행복은 물질적인 것이 아니라 만족이나 기쁨을 나타내는 심리 상태를 뜻한다. 따라서 행복이라는 것은 구체적인 것이 아니라 형이상학적인 것이기 때문에 사람들은 행복하게 살고 싶다고 말하면서도 각자가 원하는 행복의 조건은 다를 수밖에 없다.

행복의 조건으로 부, 명예, 권력, 존경, 가족, 친구, 사랑, 도전, 여행, 쾌락, 식도락, 건강, 잠, 만족, 봉사, 공유 등으로 생각하는 사람들이 있다. 그러나 이러한 행복의 조건이 충족되어도 자신이 만족을 하지 못하면 꼭 행복하다고 할 수 없다.

행복은 사람마다 자신이 가지고 있는 가치관에 만족하는 삶을 살 때 흐뭇하게 느끼는 것이 행복이기 때문이다. 어떤 행복의 조건이 충족되어도 스스로 심리적인 자존감을 갖지 못한다면 행복하다고 할 수 없다.

따라서 자신이 스스로 자신의 가치를 인정하고 능력있는 존재라고 보는 자존감이 있다면 굳이 행복의 조건이 충족되지 않아도 행복한 삶을 살 수 있게 된다.

교육학의 아버지라 할 수 있는 미국의 교육학자이며 심리학자인 존 듀이는 '인간이 가진 본성 중 가장 깊은 자극은 자신이 중요한 사람이라고 느끼고 싶은 욕망이다'라고 말했다.

즉 자존감은 사람이 가진 본성 중에서 가장 강렬한 욕구라고 하였다. 결국 사람은 자신이 중요하고 가치있는 존재라는 자존감이 충족되어야만 살아있는 의미를 느낄 수 있는 것이다. 자존감이 충족되지 않고 사는 것은 그만큼 행복하지 않다는 것을 알 수 있다.

사람의 마음은 마치 급변하는 날씨와 같이 매우 변덕스럽다. 어떤 날은 자신이 세상에서 가장 멋있는 사람처럼 생각이 들다가도, 어떤 날은 세상에서 가장 못난 바보처럼 생각이 들기도 하고, 어떤 날은 자신이 행복한 사람인 것 같다가도, 어떤 날은 불행하다고 생각하기도 한다.

세상은 아무 변화가 없는데도 본인 스스로 어떤 생각을 가지느냐가 자신의 기분을 결정하기 때문이다. 따라서 자신이 자존감을 갖게 되면 모든 것이 좋게 보이고, 자신이 능력있는 사람이라는 생각을 가지게 되고, 자신이 행복한 사람이 될 수 있다는 것이다. 이처럼 사람의 행복은 결국 자기가 생각한대로 되어 지기 마련이다. 때문에 어떤 생각을 갖고 사느냐가 매우 중요하다.

인생을 살면서 자존감을 갖고 살게 되면 어떠한 환경에서도 흔들림 없이 자신이 가치있는 사람이라는 생각을 갖게 되고 아무리 어려운 상황이 주어진다고 해도 이겨낼 수 있다는 자신에 대한 믿음과 행복을 느낄 수 있는 것이다.

인간은 사회를 떠나서는 살 수 없기 때문에 인간은 사회적동물이라고 한다. 사람은 사회생활을 하면서 많은 영향을 받는다. 그리고 가족이나 형제, 친구, 직장동료, 선후배와 같은 많은 사람들과 인간관계를 맺고 살아간다. 이러한 사회생활이나 인간관계라는 외부적인 자극은 사람의 행복에 지대한 영향을 끼치게 된다.

예를 들어 직장생활 속에서 인정받지 못해서 자신의 부족한 능력에 대해 자책을 하기도 하고, 인간관계가 완만하지 않아 마음이 아플 때도 있다. 그러나 자존감을 갖게 되면 자신에 대해서 긍정적인 감정을 갖기 때문에 외부의 인정에 상관없이 타인이나 환경에 대해서도 긍정적으로 보게 된다.

따라서 자존감을 갖게 되면 어려운 외부의 환경이나 대인관계에서 자신에 대한 판단이나 기대에 영향을 받는 것이 아니라 본인 스스로 자신을 존중하고, 자신을 좋게 생각하며 만족하기 때문에 행복해질 수밖에 없다.

자존감은 우리의 마음에 자신감, 희망, 격려, 용기, 열의를 불러 일으켜 인생을 살아가는 동안 마음이 풍요로운 행복한 삶이 될 것이다.

불행의 원인 낮은 자존감

많은 현대인들이 겪는 힘든 문제 중 하나가 바로 낮은 자존감이다. 자존감이 낮아지면 여러 가지 문제가 발생하는데, 우리 주변에서 쉽게 일어나는 폭행이나 자살, 우울증, 살인사건의 원인 중에는 낮은 자존감인 경우가 많다.

이처럼 낮은 자존감은 질병과 같아서 처음에는 간단한 심리적인 문제로 시작하다 심해질수록 건강에 이상이 생기거나, 자신을 파괴하기도 한다. 심지어는 다른 사람에게 위해를 일으키기도 하는 위험한 질병이 되기도 한다.

우리를 괴롭히는 모든 심리적인 문제의 시작은 자존감이 낮아지는데서 시작하는 경우가 많다. 자존감이 낮아지면 놀랄 만큼 다양한 문제 현상이 나타난다. 자존감이 낮아지면 다음과 같은 현상들이 나타난다.

〈자존감이 낮아지면 나타나는 현상〉

- 자신의 실수를 받아들이지 못하고 심한 자책감에 빠진다.
- 남들은 관심도 없는 자신만이 알고 있는 약점을 남들에게 노출되지 않게 하려고 고민하게 된다.
- 다른 사람에 비하여 자기의 능력이 뒤떨어졌다거나 부족하다고 스스로 평가절하를 한다.
- 합리적이거나 이성적인 사고가 불가능해지면서 불안 심리를 동반한 이상행동을 보이게 된다.
- 자기에게는 능력이 없다고 생각하는 만성적인 감정인 열등감을 느낀다.
- 별일 아닌데도 쉽게 포기하게 된다.
- 자신의 가치를 한 없이 낮게 평가하게 되어 우울증에 빠지게 된다.
- 항상 경쟁에서 자기는 실패할 거라는 생각에 사로잡혀 일상생활을 패배와 실패

로 이끈다.

- 죄책감을 심하게 느끼기도 한다.
- 평소에 하지 않던 자신에 대한 허풍이나 과장을 하게 된다.
- 남을 비판하고 자기합리화를 한다.
- 자신이 불쌍하면서도 밉고 싫어진다.
- 수줍음과 소심함을 느끼기도 한다.
- 상황에 어떻게 대처해야 할지 몰라 절망에 빠지게 된다.
- 자신이 한 없이 초라해지고, 자신에 대한 분노감을 느끼게 된다.
- 육체적으로도 가슴이 두근거리는 스트레스를 받게 된다.
- 좌절이 심해지면 급격하게 무기력해지면서 피로감을 느끼게 된다.
- 부정적인 생각이 가득해지면 온 몸이 아프게 되는 결과를 가져온다.
- 사람들을 기피하면서 대인관계를 파괴시키고 결국 깊은 함정으로 자신을 몰아 가게 된다.
- 자존감이 심각하게 훼손되면 남을 폭행을 한다.
- 심한 좌절은 약물이나 흡연과 같은 중독을 가져온다.
- 심하면 자살하는 극단적인 선택을 한다.

이처럼 자존감이 낮아지게 되면 사람에 따라 차이가 있지만, 심한 열등감과 우울증에 빠지게 되어 우리 인생에서 최악의 상황을 맞게 된다. 따라서 우리의 인생을 행복하게 살아가기 위해서는 자존감이 떨어지지 않도록 해야 한다.

자존감형성에 가장 큰 영향을 주는 부모

서로 다른 환경 속에서 자신만의 독특하고 다양한 색깔들로 오랫동안 성장해온 성인 남녀가 만나 사랑을 하게 되어 부부라는 인연으로 가정을 이루게 된다. 어느새 10개월 동안 태아의 신비로운 성장과정을 통해 두근두근 설레었던 마음과 가슴 뭉클한 감동으로 일련의 출산의 아픔과 힘든 과정도 잊은 채 기쁨으로 우리는 부모 됨을 맞이하게 된다.

하지만 안타깝게도 부모는 부모답다 라는 말을 듣기에는 그 역할과 책임에 있어서 많은 부족함을 느낄 뿐 아니라 갑자기 숙연해지면서 진지하게 부모로서의 위치를 돌아보게 만든다.

임신해서 유별나게 태교에 열심히 정성을 다 했던 그 마음으로 신생아를 처음 맞이하게 된다. 그러나 뭉클했던 진한 눈물의 감동은 어디로 갔는지 아이들을 키우면서 뚜렷한 아이 키우는데 정신이 없어지게 된다.

뚜렷한 아이 교육관도 없이 사회적인 현실과 타협하면서 아이들과의 관계 속에서 키워나가야 할 소중한 것들을 잊고 있는 것들이 너무 많은 것 같다. 아이들의 성장 속도만큼 그에 따른 부모로서 성장 과정 역시 필요하다. 부모로서 성장하기 위해서는 자녀와의 대화기술이 강조되고 있다.

부모의 올바른 대화습관은 곧 아이의 성공습관을 설계하는데 가장 기초적인 골조가 되고 있을 뿐만이 아니라 아이에게 행복을 줄 수 있기 때문이다. 부모와 아이 사이에 주고받는 행복감은 거의 전적으로 대화에 달려있으며, 대화의 성공 여부는 어디까지나 부모하기에 달려있다.

대화란 상대의 감정과 관심도를 매순간 확인하면서 말로써 서로간의 주파수를 맞춰나가는 지속적인 노력이라고 할 수 있다. 부모가 자신의 뜻만 관철시키려는 태도에서 벗어나 내 아이가 무엇을 고민하고 있는지, 공부 이외에 진짜 어떤 것에 관심을 갖고 있는지 알려고 할 때라야 대화는 이루어질 수 있을 것이다.

아이와 대화를 한다고 하고 일방적인 설교를 하거나 대놓고 화내는 것으로 대화를 하는 부모가 많다.

대화는 주고받는 것으로 커뮤니케이션이 되기 위해서는 듣고 말하는 쌍방이 주고받는 것이 있어야 한다. 이런 대화의 목적은 아이의 어려운 상황을 도와주기 위한 것이기도 하지만 아이를 가르치기 위한 목적도 있다. 부모들은 아이를 양육하면서 아이에게 많은 이야기를 하게 된다.

아침에 일찍 일어나면서 부터 잠자리에 들 때까지 일상적인 많은 이야기를 하면서 지내게 된다. 그렇다면 이러한 모습을 통하여 부모와 아이 간에 많은 대화를 나누고 있다고 볼 수 있을까?

대화의 양적인 부분보다는 질적인 부분의 중요성을 강조하고 싶고 아이들과 무엇을 이야기 할 것인가 보다는 끊임없이 어떻게 이야기 할 것인가에 대해 생각하려는 부모의 대화 습관이 필요하다.

아이와의 대화 역시 아이와의 눈높이를 맞추고 그들을 있는 그대로 이해하는 것에서 출발한다. 그리고 이러한 과정은 자연스럽게 배워지기보다 적극적으로 노력하고 연습함으로서 더 효과적으로 배울 수 있다.

부모와 아이가 의사소통의 통로를 개방적인 상태로 유지할 수 있기 위해서는 적절한 기술이 필요하다. 이러한 의사소통기술을 부모들이 배우게 되면 아이와의 대화를 통하여 좋은 관계를 유지·발전시킬 수 있으며 이러한 과정을 통하여 아이는 자신에 대한 긍정적인 태도와 함께 부모에 대한 신뢰감과 개방적인 태도를 가지게 된다.

아무리 대화기술이 완벽하다 할지라도 아이를 인격적으로 존중하는 겸허한 마음과 깊은 애정 없이는 그 뛰어난 기술도 물거품에 지나지 않는다. 그러므로 부모와 아이 간 대화의 기술을 익히고 발달시켜 가기 위해서는 가족 간에 함께 이야기를 나누고 생각을 교류하여 공감할 수 있는 시간을 자주 갖는 것이 좋다.

그렇기에 대중매체로 인해 단절되고 있는 대화를 다시 활성 시키기 위해서는 가족이 모여 TV 앞에 앉는 시간을 줄이고, 부모는 올바른 대화법을 알아두어 아이와 여러 가지 주제의 다양한 이야기를 하도록 해야 할 것이다.

아이와의 대화를 하는 것은 결코 쉬운 법만은 아니다. 자녀와의 대화법을 배우는 프로그램에 참여한 부모들도 막상 아이와의 갈등이 생기면 배운 것은 도통 생각이 나지 않고 이성이 주체가 되지 않기 때문에 배운 것을 활용할 수 없다고 하였다.

하지만 점차 노력하고 실수를 반복할수록 아이와의 대화가 조금씩 개선되고 있다고 하였다.

사람과 사람 사이의 의사소통을 효과적으로 돕는 미디어의 발달은 눈부신데, 역설적 이게도 정작 가장 가까워야 할 사람들 사이의 대화는 더욱 더 단절되어 가고 있다. 그 중에서도 특히, 부모와 아이 간의 대화의 단절은 심각한 수준이라고 판단된다.

부모 세대와 아이 세대는 근본적으로 차이가 있을 수밖에 없다. 그런 차이를 극복하고 서로간의 공감대를 형성하면서 원활한 대화를 이끌어 가는 것이 정말 그렇게 어려워야만 하는 것일까?

부모와 아이 사이의 사소한 대화습관이 조금만 변화하여도 아이는 그보다 훨씬 더 다양하고 올바른 대화습관이 정착되어질 것이며 그것은 곧 아이 성공습관의 가장 큰 시너지효과를 발휘할 수 있는 위력을 가지게 될 것이다.

아이교육은 마치 땅 속에 숨겨진 작고 여린 씨앗인 당신의 아이가 당신의 관심어린 사랑으로 장미꽃으로 만들 수도 있으며, 호박꽃이 되게 만들 수도 있다. 당신의 관심어린 사랑은 결국 지혜로운 대화 습관으로 나타나며 이를 통해 진정한 사랑과 일관성 있는 교육관이 아이에게 전달된다.

당신의 현명한 대화가 바로 아이를 있는 그대로 인정해주고 적절한 토양과 햇빛 그리고 밑거름을 제공해주게 된다. 이를 통해 아이들은 튼튼한 뿌리와 날개를 달게 되고, 독특한 빛깔과 향기가 나는 큰 거목이 되어 부푼 꿈을 가지고 열린 세계를 경험할 수 있게 된다. 이런 뜻에서 부모는 아이들에게 진정한 가슴 따뜻한 부모 모습으로 오래도록 기억될 것이다.

급변하는 아이들의 세상

부모는 아이들이 자신의 손바닥 안에 있다고 생각한다. 자신도 어린 시절이 있었고, 생명체로 태어나 지금까지 그들의 양육을 책임지고 있었기 때문에 그들이 원하는 것이 무엇인지를 다 알고 있다고 생각한다. 그러나 부모는 아이가 커 갈수록 설 자리가 없어진다. 아이들과 대화가 안 되기 때문이다. 아이의 생활에 부모의 역할이나 공간이 작거나 대화가 안되면 부모는 분노와 배신감을 느끼기 쉽다.

대화가 안 되는 이유는 부모의 시각으로 아이들을 이해하고 자신의 수준으로 대화를 유도하기 때문이다. 그래서 요즘의 아이들은 어릴 때는 부모를 잔소리꾼으로라도 인정하지만 아이가 중고생이 되면 부모는 친구보다 못한 자신의 적으로도 생각하게 된다. 이는 부모의 역할을 제대로 인식하지 못하고 있을뿐더러 세상이 하도 빠르게 변해 부모가 아이들의 마음을 충분히 이해해주지 못하기 때문이다.

우선 아이들은 부모가 원하는 것과 하고 싶은 것에 차이를 가지고 있다. 예를 들면, 부모는 꿈을 갖고 살지 않으면 죽는 것과 같이 살지만, 아이들은 꿈은 부담스러운 거라 생각하고 현실에 충족하려 한다. 부모는 인내력이 있으면 좋겠다고 생각하지만 아이들은 그것만은 없어도 된다고 생각하여 모든 일을 쉽게 포기한다.

부모는 공부하는 아이를 만들고 싶지만 아이는 학과 공부보다 컴퓨터게임을 좋아한다. 가족과 같이 하고 싶고 TV도 같이 보고 싶지만, 아이들은 유트브를 보면서 혼자 시간을 보내는데 익숙하다.

부모는 미래를 내다보고 살기를 원하지만 아이는 지금 당장의 즐거움에 더 관심이 많다. 부모는 착한 친구들을 만나기를 원하지만 아이들은 능력 있는 친구를 선호한다. 이러한 견해 차이에서 부모와 아이는 항상 마찰이 심하면 전쟁이 일어나게 된다. 이처럼 세상의 변화는 급격하게 진행되고 있는데도 부모는 아직도 구태의연한 고정관념에서 벗어나지 못하고 있다.

　그러나 예전처럼 부모의 생각에 아이들의 생각을 무조건 맞추기를 원한다면 이제는 그 어떤 아이도 부모의 의지대로 살아줄 아이는 없다. 세상의 변화 속도가 너무 빨라 적응하기 어렵듯이 그만큼 아이교육도 세상의 변화에 따라 비례적으로 어려워진다는 것이다. 그렇다면 앞으로는 어떻게 아이들을 대할 것인가? 그것은 아이들을 있는 대로 보아주고 그들에게 대화스킬이 필요한 것이다.

　그렇다면 어찌해야 할 것인가? 그것은 시대의 변화에 부모들이 순응하는 것이다. 앞으로의 시대는 한우물형 인간으로 한 가지만 잘하는 아이보다는 여러 가지를 잘하는 멀티플레이어로 만들어야 한다는 것이다.

　따라서 좋은 부모는 한 가지만 가르치기보다는 아이들이 좋아하는 여러 가지를 배우게 하고 그들 중에서 좋아하는 것들을 부각시켜 주는 능력이 있어야 한다. 또한 미래사회의 생존력을 가지고 성공하는 아이를 만들고 싶다면 창의성을 가진 아이로 만들어야 한다.

　창의성은 남과 다른 생각을 하는 것으로 이제 똑 같은 것이 넘쳐나는 세상에 무언가 다른 것을 찾는 사람들의 욕구가 많으므로 남과 다른 생각을 창의성이 있는 사람은 당연히 사회의 주도적인 사람이 될 수밖에 없다.

　그래서 과거에는 부모들이 IQ(지능)만을 중요시했다면 이제는 EQ(정서지능), MQ(도덕지능)도 길러줘야 한다. 따라서 예전에는 부모의 역할은 학교나 학원을 잘 보내고 공부할 수 있도록 길러 주면 되었지만, 이제는 EQ(정서지능), MQ(도덕지능)을 길러주기 위해서 대화 기술이 필요한 것이다.

　최근의 젊은 부모들은 될 수 있으면 아이들을 억압하지 않고 자유롭고 즐거운 환경을 만들어주려고 한다. 그러나 그렇게 한다고 해서 아이들이 저절로 행복한 삶을 사는 것은 아니다.

　아이들은 부모로부터 생명을 보존하기 위한 의식주를 공급받는 것뿐만 아니라, 연령대에 맞는 올바른 훈육을 받아 성숙한 사람으로 성장하여 성공적이고 행복한 인생을 영위하게 된다. 대화는 아이를 올바로 키워보고자 고심하는 부모에게 탁월한 아이 양육 방법을 제공해준다.

아이들은 대략 2~3세 때부터 자기의 생각을 말로 표현하고 외부 세계에 관심을 갖고 도전하고자 한다. 유아기 때의 아이들은 놀이를 통해 사물을 이해하는 능력이 발달된다. 그들은 가족이나 주변 사람들과의 관계를 통해 사회성을 배우게 된다. 그러나 이때부터 나쁜 습관이나 이기적인 욕구를 조절하는 능력을 배우지 않으면 그 영향이 평생 지속될 수 있다.

아이들은 3~4세가 되면 뇌와 감성 능력의 50%가 발달되고 된다고 한다. 이 때 지능뿐만 아니라 신체적, 정서적, 성격적인 면들이 건강하고 올바르게 발달하도록 자극하지 않으면 그 부분에서 평생토록 결함을 가지게 될 수도 있다.

이 때문에 "세 살 버릇 여든까지 간다"는 말이 있는 것이다. 따라서 아이들이 사회를 인식하고 가치관, 도덕성, 태도, 성품 등의 기초를 다지게 되는 3~7세까지의 부모의 역할과 아이와의 대화는 그 어느 때보다도 중요하다고 할 수 있다.

이 연령의 아이를 가진 부모는 교사와 부모를 겸해야 한다. 교사로서 부모는 아이들이 습득하고 발전시켜야 할 좋은 성품과 습관들을 솔선수범하고 가르쳐야 한다. 그리고 규칙을 세워서 그들이 일상생활에서 실행함으로써 몸에 익숙해지도록 이끌어주어야 한다.

이 때 좋은 언행에는 상을 주고 나쁜 언행에는 벌을 주는 상벌제도를 적용하는 등 나름대로의 효과적인 교육 방법을 찾아내어 엄격히 실행해야 한다. 한편으로는, 교사의 역할과 더불어 아이들의 잠재력과 창의력을 건강하게 성장시키기 위해서 대화법을 사용해야 한다.

우리 아이가 정말 잘 클 수 있을까? 이 시대의 부모가 가장 고민하고 있는 난제이다.

그러나 아무도 정답을 알려주지 않는다. 그렇다면 그 해답은 어디에서 찾을 수 있을까?

부모와 아이 간의 의사소통의 통로만 개방이 잘되어 진다면 해답은 바로 그 깊고 깊은 대화의 통로에 가득 숨겨져 있다. 결국 아이와의 지혜로운 대화법의 기술이다.

대화법은 결국 아이와의 현명한 대화 기술을 통해 아이가 자신의 행동에 대해 스스로 책임을 지게하고 인생을 스스로 꾸려나가는 능력을 갖추도록 돕는다.

좋은 부모가 되기 위한 고정관념 버리기

아이를 키운다는 것은 하나의 새로운 인생을 만들어가는 숭고한 작업이기 때문에 부모들의 양육이 잘못되었다고 해서 그 시간들을 다시 되돌릴 수도 없고, 힘들다고 포기할 수도 없다.

그래서 대부분의 부모들은 아이를 양육할 때 "우리 아이만은 제대로 잘 키워보자"라는 비장한 각오를 매번 하게 되지만 변화하기 어려운 게 현실이다.

많은 부모들이 자신이 어렸을 때 겪었던 상처나 실수들을 바로 잡으려는 과정에서 자신의 변화보다는 아이에게 자신의 생각과 행동을 강요하거나 과도하게 기대하거나 억압을 가한다.

많은 부모들이 어린 시절에 겪은 깊은 상처를 해결하지 못한 채 결혼하고 아이를 낳는다. 그리고 상처로 인한 잘못된 고정관념, 나쁜 습관, 미래에 대한 두려움 등을 남편이나 아이들에게 반영하고 있다.

부모가 된다는 것은 바로 이러한 과거 부정적인 생각이나 습관들을 고치는 것부터 시작해야 한다. 그런 나쁜 습관이나 생각들을 조금씩 바꾸고 난 후 인생의 가치관이나 목표를 새롭게 해야 한다. 그리고 나서 그 동안 아이들에 대해 가지고 있던 고정관념을 바꾸도록 해야 한다. 사람들은 모두 마음안의 거울이 있다.

고정 관념에 길들여져 있는 모습만 인식되어 그것들만 보려고 한다. 거울 뒤에 가려 보이지 않는 뒷모습은 읽으려 하지 않고 일관된 마음안의 생각으로 바라보다 보니 어떤 부모는 아이를 말썽꾸러기 악동으로 보고, 아이들이 하는 것은 잘못된 것이라 판단하며, 그들의 언행을 일일이 저지하며, 아이에게 소리 지르고 으르렁거리며 많은 시간을 보낸다.

한편, 어떤 부모는 아이를 선한 천사라고 생각하고 아이가 하는 것은 모두 허락하며 마치 자신이 아이의 종이라도 된 것 같이 아이의 비위를 맞추느라 절절 기며 산다.

현실적으로 아이들을 많이 출산하지 않는 요즈음 외동아들, 외동 딸 들이 많다보니 갈수록 이러한 현상이 늘어가고 있다.

물론, 양쪽 다 올바른 양육 방법이 아니다. 이것은 모두 부모가 쓰고 있는 안경 때문이다. 즉, 부모가 가지고 있는 고정관념에 따라 아이들은 그 방향으로 키워지고 있는 것이다. 고정관념의 세계관을 버리고 맑은 마음을 갖는 것이 대화법의 첫 번째 준비단계이다.

부모로서 내 아이를 바라보는 고정관념을 버리고 맑은 마음을 갖게 된다면 그 다음 나는 과연 아이들에게 어떤 부모인가 스스로 자문하는 습관을 통해서 나를 바라보게 되면 더 깊게 대화법의 기술을 강력하게 하는 동기유발이 생성된다.

〈나는 좋은 부모인가 ?〉

- 내 생각을 아이에게 일방적으로 강요하고 있지는 않는가?
- 등교 전이나 식사 시간을 잔소리하는데 쓰고 있지는 않는가?
- 나의 잘못을 아이의 탓으로 돌린 적은 없는가?
- 아이가 잘못을 깨달았는데도 되풀이하여 야단친 적은 없는가?
- 내 기분에 따라 아이를 대하고 있지는 않는가?
- 아이가 힘들어 할 때 잘잘못을 따지기보다 조용히 격려해 주는가?
- 아이의 가장 친한 친구가 누구인지, 아이가 좋아하는 사람은 누구인지 알고 있는가?
- 아이가 무엇을 잘하고, 무엇이 되고 싶어 하는지를 알고 있는가?
- 아이가 이룬 것이 아무리 사소할지라도 진심으로 기뻐하고 칭찬해 주는가?
- 가끔씩이라도 아이와 함께 즐거운 시간을 갖고 있는가?

〈부모의 고민〉

- 아이를 어떻게 키워야 할지 방법을 잘 모르겠다.
- 나의 좋지 않은 습관을 바꾸고 싶다
- 과거의 짐을 벗어버리고 새롭고 능력 있는 부모가 되고 싶다.
- 부모로서 인생의 목표를 새롭게 설정하고 싶다.
- 우리 아이를 탁월한 리더로 키우고 싶다.
- 아이의 잠재력과 능력을 잘 개발해주고 싶다.
- 아이를 스스로 책임지는 성숙한 사람으로 키우고 싶다.
- 아이들과 늘 친밀한 관계를 유지하고 싶다.
- 존경 받는 부모가 되고 싶다.

지금까지 우리가 알고 있는 일방적인 지시나 가르침에 의한 양육 방법으로는 아이들을 성공적으로 키우기에는 힘들다. 부모로서 자신의 아이의 삶에 중요한 영향력을 미치는 사람이 되고 싶다면 스스로 자문하는 습관을 통해서 그들의 입장이 되어서 그들의 말에 귀를 기울이며 대화를 나눠야 한다.

자존감과 구분해야 할 것

자존감을 높이기 위해서는 자존감에 대한 정확한 정의를 알아야 한다. 자존감은 좋은 단어이지만, 지나친 자존감은 문제가 된다는 식의 부정적인 측면에 사용하게 되는 것은 자존감에 대한 정의를 바로 알지 못하고 사용하기 때문이다.

자존감이라는 단어에 대해서 오해와 잘못된 이해를 하는 것은 자존감과 유사한 단어들이 많기 때문이다. 자존감과 유사한 단어들은 자존감과 비슷한 면도 있지만 엄연히 차이가 존재한다.

자존감과 유사한 단어에는 자존심(自尊心), 자만심(自慢心), 자기효능감(自己效能感), 자부심(自負心), 자긍심(自矜心) 등이 있다. 이들 단어의 정확한 뜻을 알게 되면 우리가 평소에 알고 있었던 자존감에 대한 잘못된 오해가 풀리게 될 것이다.

<표-1> 자존감과 유사 단어

구분	내용
자존심(自尊心)	남에게 굽힘이 없이 자기 스스로 높은 품위를 지키는 마음을 말한다.
자만심(自慢心)	자신이나 자신과 관련 있는 것을 스스로 자랑하며 뽐내는 마음을 말한다.
자기효능감(自己效能感)	자신이 어떤 일을 성공적으로 수행할 수 있는 능력이 있다고 믿는 기대와 신념을 말한다.
자부심(自負心)	자기 자신 또는 자기와 관련되어 있는 것에 대하여 스스로 그 가치나 능력을 믿고 당당히 여기는 마음을 말한다.
자긍심(自矜心)	자신 스스로 자랑스러운 마음을 갖는 것을 말한다.
자애심(自愛心)	자기를 사랑하는 마음

1) 자존심(自尊心)

자존심을 자존심과 혼용하여 사용하는 경우가 많다. 국어사전에서도 자존감을 다른 말로 자존심이라고 표현하고 있다. 자존심에 대한 사전적인 의미를 보면 남에게 굽히지 아니하고 자신의 품위를 스스로 지키는 마음이라고 되어 있다.

자존감과 자존심의 공통점은 자신에 대해서 존중하고, 긍정적이라는 공통점이 있다. 자존감은 자신을 스스로 사랑하고 가치있게 느끼는 있는 그대로의 모습에 대한 긍정을 뜻한다.

따라서 자존감을 갖게 되면 자신에 대해서 긍정적인 감정을 갖기 때문에 외부의 인정에 상관없이 자신뿐만 아니라 타자에 대해서도 긍정적으로 보게 된다. 반면에 자존심은 남에게 굽힘이 없이 자기 스스로 높은 품위를 지키는 마음으로, 경쟁 속에서 남들로부터 인정을 받으려는 마음이라는 차이가 있다.

자존심은 자기의 능력에 대하여 다른 사람들이나 소속집단으로부터의 승인을 기초로 발생한다. 정신분석적 의미에서 자존심은 자아와 초자아가 균형을 유지하고 있는 상태를 말한다. 따라서 자존심이 낮은 사람의 특징은 쉽게 당혹하고 부끄러워하고 설득에 잘 넘어가고 타인에 대한 승인 욕구가 강하며, 자존심이 인정받지 못하면 스스로 자기 비하, 열등감 등을 갖게 되고 결국에는 우울증 상태를 보이게 된다.

자존심이 낮아 자신을 부정적으로 보는 사람은 일반적으로 타자에 대해서도 부정적으로 보게 된다. 반대로 자존심이 너무 강하면 남들이 인정하지 않아도 자신만의 허영심이나 자만심을 갖게 된다. 자존심이 너무 높아 자신을 초긍정적으로 보는 사람은 타인을 무시하는 성향이 나타나기도 한다.

2) 자만심(自慢心)

자만심의 사전적인 정의를 보면 자신이나 자신과 관련 있는 것을 스스로 자랑하며 뽐내는 마음을 말한다. 자존심은 자신을 사랑하고 가치 있게 느끼며 자기 자신에 대하여 유능하고 능력 있는 존재로 여기는 생각이지만, 자만심은 자신에 대하여 매우 높게 유능하고 능력 있는 존재로 자랑하며 뽐내는 생각이라고 할 수 있다. 따라서 자만심은 과도한 자존심이라고 할 수 있다.

자존감과 자만심의 공통점은 스스로 자신을 존중하고, 자신을 좋게 생각하는 긍정적이라는 생각을 갖는 것이다. 자존감과 자만심의 차이는 자존감은 있는 그대로의 자신에 대한 믿음을 갖는 주관적인 판단이지만, 자만심은 비교 대상을 통해 남들에 비해서 우월하다고 생각하는 상대적 판단이라는 것이다. 즉 자존감은 상황에 관계없이 스스로에 대한 존중이 확고한 것이고, 자만심은 상대방과의 평가를 통해 자기만족감을 얻는 것이다.

자존감이 높은 사람은 자신과 타인을 잘 수용하고 자신과 타인의 능력을 잘 인식하며 긍정적인 태도를 갖는다. 반면에 자만심이 높은 사람은 타인을 무시하거나 부정적으로 보며, 자신의 능력이 지나치게 높은 것으로 인식하게 된다. 따라서 자만심이 강하면 타인들에게 마음의 상처를 주거나 비난을 들을 수 있다. 때로 과도한 자만심의 표현은 자신의 평정심을 잃은 행동이거나, 자신의 우울 상태를 방어하고자 하는 역기능으로 나타나기도 한다.

3) 자기효능감(自己效能感)

자아효능감을 자존감과 같은 의미라고 보는 견해가 있다. 자존감은 자신을 사랑하고 가치 있게 느끼며, 자기 자신에 대하여 유능하고 능력 있는 존재로 여기는 생각이다.

자아효능감은 심리학적으로 자신이 어떤 일을 성공적으로 수행할 수 있는 능력이 있다고 믿는 기대와 신념을 말한다.

자존감과 자아효능감의 공통점은 자신에 대하여 유능하고 능력 있는 존재로 여기는 생각을 갖는 것이다. 자존감과 자아효능감의 차이는 자존감은 자신을 가치 있게 느끼며, 자기 자신에 대하여 유능하고 능력 있는 존재로 여기는 생각이지만, 자아효능감은 자신에 대하여 유능하고 능력이 있다고 믿는 기대와 신념이라는 것이다. 즉 자존감은 스스로에 대한 판단이지만, 자기효능감은 자신의 능력에 대한 기대와 신념이라는 것이다.

자아효능감이 강한 사람은 자신의 능력을 믿기 때문에 자신감이 있으며, 도전하는 것을 두려워하지 않는다. 반면에 자아효능감이 낮은 사람은 자신을 믿지 못하기 때문에 변화나 도전하는 것을 두려워한다.

4) 자부심(自負心)

자부심은 자기 자신 또는 자기와 관련되어 있는 것에 대하여 스스로 그 가치나 능력을 믿고 당당히 여기는 마음을 말한다.

자존감과 자부심의 공통점은 스스로 유능하고 능력 있는 존재로 여기는 생각을 갖는 것이다. 자존감과 자부심의 차이는 자존감은 자신의 기본적인 능력과 가치를 경험하되 성과가 좋든 나쁘든 상황과 관계없이 일상에서 지속적으로 이어진다.

반면에 자부심은 자신의 능력이나 노력에 의해 좋은 성과가 나타났을 때 나타나는 긍정적인 자기 평가이기 때문에, 좋은 결과가 나타나지 않으면 자부심이 생기지 않으므로, 자부심은 상황에 따라 나타나는 일시적인 자기만족감이라는 차이가 있다. 또한 자존감은 스스로의 만족이지만, 자부심은 타인에 의해 인정을 받아야 생기는 것이라는 차이가 있다.

5) 자긍심(自矜心)

자긍심은 자신 스스로 자랑스러운 마음을 갖는 것을 말한다. 자긍심이 생기려면, 내 스스로가 자신에 대하여 자랑스럽고 즐거운 감정을 가져야 한다. 따라서 자긍심은 그냥 아무런 이유도 없이 갑자기 생기는 마음이 아니라, 계기나 이유가 필요하다.

자긍심은 내가 가지고 있는 모든 것들 중에 어떠한 능력, 실력, 기술, 특징 등이 성취감을 가져올 때 나타난다. 즉, 결국 자긍심은 자신을 성취감이 바탕이 되어 자신을 자랑스럽게 생각할 때 나타나는 것이다.

자존감과 자긍심의 공통점은 스스로 외부의 영향이 없이 자신을 긍정적으로 보는 것이다. 자존감과 자긍심의 차이는 자존감은 자신을 있는 그대로 인정하고 자신을 존중한다. 반면에 자긍심은 성취감을 통해서 자신을 자랑스럽게 본다는 데서 차이가 있다.

5) 자애심(自愛心)

자애심에는 두 가지 의미가 있는데, 사용하는 한자에 따라서 자애심(自愛心)은 자기를 사랑하는 마음을 말한다, 자애심은 아랫사람에게 많은 사랑을 베푸는 마음을 말한다. 여기서 말하는 자애심은 자존감과 비슷하게 사용하는 자애심(自愛心)이다.

사람이라면 누구나 행복을 바라는 것은 너무도 당연한 일이다. 행복을 바라는 마음이야 말로 자애심의 발로라고 할 수 있다. 자기를 사랑하지 않고는 어떤 상황에서도 행복할 수 없기 때문이다. 더욱이 스스로 신뢰하는 사람만이 다른 사람에게 성실할 수 있으며, 사랑하는 마음을 가질 수 있다. 따라서 다른 사람에게 성실하게 대하거나 사랑하기 위해서는 먼저 자신을 사랑하는 마음을 가져야 한다.

자존감과 자존심의 공통점은 자신을 사랑한다는 점에서는 공통점이 있다. 그러나 자존감과 자존심의 차이는 다음과 같다. 자존감은 자신을 스스로 사랑하고 가치있게 느끼는 있는 그대로의 모습에 대한 긍정을 뜻한다. 따라서 자존감을 갖게 되면 자신을 있는 그대로 사랑하며, 다른 사람도 사랑하는 마음을 가질 수 있게 된다.

반면에 자애심은 자신의 가치나 능력과 관계없이 순수하게 자신을 사랑하는 마음이라는 점에서 차이가 있다. 따라서 자애심이 있다는 것은 자신의 능력이나 가치가 없어도 단지 자신을 사랑하는 마음이 있다는 것을 말하며, 자애심이 있어야만 다른 사람을 사랑하게 된다.

자애심은 자기를 사랑하는 마음을 기초로 발생한다. 따라서 자애심을 가지면 모든 것이 아름답게 보이고 사랑스러워 보이게 된다. 자애심이 없으면 자신을 사랑하지 못하기 때문에 다른 사람을 좋아하거나 사랑할 수 있는 마음의 여유가 생기지 않는다. 그래서 자애심이 없는 사람들은 자신을 사랑도 할 수 없지만, 다른 사람에게도 함부로 대하거나 미워하게 된다.

반대로 자애심이 너무 강하면 자신을 너무 사랑하기 때문에, 자기만 바라보게 된다. 결국 자애심이 너무 강하면 다른 사람들의 가치를 무시하거나, 무시하려 경향이 나타나기도 한다. 따라서 인생을 행복하게 살기 위해서는 자애심은 필수지만, 지나친 자애심은 주의해야 한다.

2장

발달 단계에 따른 자존감

영아기 자존감

영아기는 태어나서 2세까지를 말한다. 영아기는 자신에 대한 인식이 서서히 나타나게 되며, 자존감이 형성되기 시작한다. 영아기에는 신체적으로 급격하게 성장하고, 서서히 외부의 자극을 인식하면서, 기어 다니다 걷기를 시작하여 인간으로서 기본적은 조건을 형성해 가는 시기다.

영아기에 형성된 자존감은 인생 전반에 영향을 끼치기 때문에 영아기 단계에서 아이의 자존감 형성은 매우 중요하다.

1) 생후 1~3개월

생후 1개월까지는 사람을 알아보진 못해도 사물을 바라볼 수 있고 본 것을 기억한다. 소리를 잘 듣고 밝은 빛에 민감하다. 정서적으로는 부모의 얼굴을 정확하게 알아볼 수는 없지만 부모의 목소리와 젖 냄새로 부모를 알아보고 애착을 보인다. 따라서 부모의 목소리를 인식하기 시작하고 울음으로 부모의 반응을 끌어낼 수 있다.

생후 2개월에는 움직이는 물체에 따라 눈동자를 돌리거나 머리를 움직이며, 사물의 전체를 볼 수 있는 기능을 가지게 된다. 낮과 밤의 구분이 뚜렷해지고, 감각이 많이 발달한다. 정서적으로는 기쁠 때엔 웃고, 싫을 때는 울며, 우는 모양도 다양해져 감정이 풍부해진다.

생후 3개월에는 기억력이 생기고 부모를 알아볼 수 있다. 눈으로 색깔을 알기 시작하고 움직이는 것을 바라보며 따라가게 되고, 거울을 보면 반응을 한다.

아이는 정서적으로는 감정표현이 활발해져서 기분이 좋으면 소리 내어 웃기도 하고, 불편하거나 못마땅한 일이 있으면 화를 내며 울기도 하는 등 자신의 감정을 분명하게 표현한다.

사람 얼굴이나 사람 비슷한 모양을 보면 미소를 짓고, 부모나 양육자와의 애착을 형성하기 시작한다.

2) 생후 4~6개월

생후 4개월에는 눈의 초점이 정확해져서 물체에 초점을 맞출 수 있고, 색의 구분도 할 수 있다. 대상의 전체 윤곽을 볼 수 있는 능력이 발달한다. 정서적으로 만족스러울 때는 소리 내며 미소 짓고, 불만족스러울 때는 조바심을 내고 화를 내며 우는 등 보다 다양한 정서적 반응을 보이며 부모의 감정 상태에 민감해지는 시기다.

호기심이 생기고 표정을 읽을 수 있으며, 아기와 부모사이에 상호작용이 일어날 수 있다. 따라서 이 시기에는 아기를 자주 안아주면서 사랑스러운 표정을 보여 아기가 안도감을 느끼고 자신의 상태에 대한 만족감을 갖게 한다.

생후 5개월에는 인지발달이 눈에 띄게 발달하여 얼굴을 손수건으로 덮으면 이를 치워버리기도 하고, 장난감을 주면 손으로 붙잡고 빼앗으면 성내거나 울기도 한다. 낯선 사람과 친한 사람을 구별할 수 있게 되며, 사물의 일부만 보고 전체를 상상하기도 한다.

정서적으로 표정이나 정서가 풍부해지면서 감정표현이 자유로워지고, 특히 싫은 것을 확실히 표현한다. 입에 물고 있는 것을 빼앗거나 아이의 행동을 제지하려 할 때에는 분노감을 표출하게 된다. 낯을 가리기 시작하고 자기주장이 더욱 강하게 나타난다. 따라서 이 시기에는 아기가 분노감을 느끼지 않도록 싫어하는 행동을 하지 말아야 한다.

생후 6개월에는 부모뿐만 아니라 아빠를 알아보기 시작하고, 사람을 식별할 수 있다. 정서적으로 희로애락의 감정도 점차 발달되어 무엇을 요구할 줄 알게 된다. 아기가 부모와 타인을 구분하기 때문에 이때부터 부모와 아기의 애착이 본격적으로 형성되기 시작한다.

부모가 하는 말과 행동을 모방하기 시작하는데 이런 모방을 통해서 사회적 놀이에 부모를 참여시키기 시작해서 점차 그 모방의 대상을 주변 환경으로 확대해 나간다. 따라서 이 시기에는 아기가 분노감을 느끼지 않도록 싫어하는 행동을 하지 말아야 한다.

3) 생후 7~9개월

생후 7개월에는 섬세하고 세밀한 것에 대한 시각적인 관심이 증대한다. 의사표현을 하기 시작하여 자신의 욕구를 위해 징징거리기도 하고, 콧물을 닦아 주는 것을 싫어하기도 한다. 아기가 부모로부터 떨어질 경우 격리불안이 시작되는 시기다.

낯선 사람이 다가오거나 안아 주려고 하면 울고 거부하는 낯가림 현상이 심해진다. 따라서 이 시기에는 외부의 자극을 과도하게 주지 말고 아기와 떨어져있는 시간을 줄여 아기에게 안도감과 편안함을 주어야 한다.

생후 8개월에는 두 손으로 물건을 잡으며 공간개념이 어느 정도 형성하기 시작한다. 또한 어떠한 물체를 볼 수 없다 할지라도 그 물체가 존재한다는 것을 이해하기 시작하고, 완전히 가려지거나 사라진 대상물을 찾아낼 수 있게 된다. 감정이 더욱 분화되고, 자신의 의지를 표현한다.

부모가 옆에 있는 안정된 분위기에서 또래를 쳐다보고, 미소 짓고, 소리를 내고, 만지는 행동 등을 보인다. 낯가림이 절정에 이르고, 낯선 사람에 대한 불안을 표시한다. 또래와의 상호작용을 좋아하고 긍정적인 반응을 나타낸다. 따라서 이 시기에는 되도록 낯선 사람들이 아기를 안거나 가까이 가지 않도록 하며, 긍정적이고 격려적인 말을 해 주는 것이 좋다.

생후 9개월에는 손가락 움직임이 섬세해져서 손가락 사용이 능숙해지고, 목표를 획득하기 위해서 사물이나 타인을 이용할 수도 있게 된다. 정서적으로 자신의 의지를 확실히 표현한다. 낯가림이 서서히 줄어들고 좋아하는 사람과 싫어하는 사람을 구분한다.

4) 생후 10~12개월

생후 10개월에는 기억력과 주의력, 모방 의지가 크게 발달하기 때문에 부모가 보이지 않으면 큰 소리로 울면서 기어서 부모를 찾아가려고 한다. 정서적으로 질투를 나타내기 시작하여 형제자매에게 부모의 관심이 집중되면 울거나 칭얼댈 수 있다.

무엇이 허용되고 허용되지 않는지 조금씩 이해하기 시작하므로 부모와의 상호작용이 한결 쉬워진다. 따라서 이 시기에는 아기가 무엇을 해야 하는지, 무엇을 하면 안 되는지 명확히 알려주고 자신을 지키는 훈련을 시키는 것이 좋다.

생후 11개월에는 아기의 자아는 점차로 정교해지는 시기로 정서적으로 아기는 부모에게 요구하는 것이 더 많이 늘어나고, 부모와 아빠가 대화하는 것에 반응을 나타내 보이며, 부모가 아닌 다른 어른이 말하는 것에 조금씩 이해하기 시작한다.

부모에게 뿐만 아니라 가족들에게 자기 존재를 과시하기도 하고 형제자매에게 자기 존재를 알리기 시작한다. 옆에서 다른 사람이 노는 것을 보고 그것에 관심을 보이고 그 동작이나 소리를 흉내 내면서 사람과의 친밀감을 형성해 나간다. 따라서 이 시기에는 아기의 존재감을 인식해주고, 아기가 따라할 수 있는 좋은 행동들을 보여주는 것이 좋다.

생후 12개월에는 정서적으로 희로애락의 기본 정서를 느끼고 표현하며, 정서를 더 분명하게 전달한다.

아기가 양육자와의 애착 관계 형성에 민감한 시기로 아기를 다른 사람에게 맡길 때나 떨어져야 할 경우에 아기에게 안심을 시켜주는 것이 중요하므로, 아기 앞에서 바로 떠난다는 느낌이 들지 않고 자연스럽게 아기를 상대방에게 전해 준다.

5) 생후 13~24개월

생후 13개월~18개월에는 손으로 물건을 집어 들 줄 알게 되며, 점차 컵이나 블록을 사용할 줄 알게 된다. 혼자 서기를 시작하며 빠르면 걷기를 시작한다. 정서적으로 돌이 지나면서 개성이 나타나기 시작하는데 개성은 호기심이나 장난기, 과시 등으로 나타나며 자아가 발달되면서 싫어, 아니라는 말을 가장 자주 사용한다.

점차 요구사항이 많아지고 분노의 감정을 표현하기 시작하고, 의사표현이 분명해지고 감정을 확실히 표현한다.

관심을 끌기 위해 착한 행동이나 말썽을 부리기도 한다. 부모의 말에 정확하게 대응하고, 꾸중을 들으면 울고 칭찬을 들으면 미소 짓는다. 따라서 아기의 개성을 이해해주어야 하며, 짜증을 내면 그대로 혼자 풀 수 있도록 편한 환경을 만들어 주거나 내버려두는 것이 좋다. 칭찬과 격려를 통하여 자존감을 갖도록 한다.

생후 18개월~생후 24개월에는 물을 따라서 마신다거나 문지방같이 낮은 높이의 턱을 넘어 다닐 수 있다. 거울 속의 모습이 자기임을 아는 시기이고, 손의 인지 능력은 매우 발달해서 대부분 손으로 만져 봄으로써 사물의 촉감이나 느낌 등을 이해하고 차갑고 뜨거운 것들을 만져보지 않고도 알게 된다.

정서적으로 아이는 자신이 부모나 타인에게 영향을 줄 수 있다는 것을 알아차리기 시작하여, 이전까지는 부모가 아이에게 영향력을 행사했지만 이제부터는 아이도 부모에게 영향력을 행사하기 시작한다.

'안돼', '싫어'라는 낱말을 알게 되면서 말로써 자신의 입장을 주장하기 시작한다. 자신을 '아기'라고 부르던 아이는 점차 자신을 '나'라고 부르기 시작하고, '나 안 먹어' '내가 할 거야' 등 나를 강조하는 것은 자율성이 커간다.

자신의 요구를 조절하는 것을 배우기 시작하며, 가족이 아닌 다른 어른의 지시를 받아들일 수 있다. 부끄러움, 시기심, 공포 등의 느낌을 화를 내거나 짜증, 우는 것으로 표현한다.

단순한 활동들을 성인들과 함께 협력하여 할 수 있고 배변 훈련을 시작하는 시기로서서히 나에 대한 자아개념이 생기기 시작하고 자기조절력이 생긴다.

또한 상상력이 풍부해질 수 있는 다양한 자극들을 주는 것이 좋다. 공간 탐색이 특히 활발해지지만 판단력이 부족하므로 안전사고에 유의해야 한다. 아이의 주장을 경청해서 들어주고 자신의 느낌과 감정을 솔직하고 강하게 표현한다.

6) 영아기의 자존감

영아기 단계에서는 태어날 때는 없었던 자기에 대한 인식이 서서히 나타나게 된다. 따라서 사람의 자존감 형성은 영아기에서 이루어진다. 영아기에서 형성된 자존감은 인생 전반에 영향을 끼치기 때문에 영아기 단계에서 아이의 자존감 형성에 가장 큰 영향을 주는 것은 부모다.

아기의 자존감 형성은 생후 초기에 경험하게 되는 부모와의 사회적 피드백에 의하여 최초로 이루어진다. 영아기 단계에서 아기의 자존감을 형성하는 방법은 다음과 같다.

부모는 아기가 배우는 행동을 위한 일차적 모델이 되기 때문에, 아기 앞에서는 항상 좋은 모델로서 옳은 행동과 좋은 성격을 배우도록 말과 행동에 주의를 기울여야 한다. 그리고 아기의 행동에 대하여 좋은 반응을 보여야 한다.

영아기에는 자기 가치에 대해서 인식을 시작하기 때문에 자신의 행동에 대하여 부모의 반응이 어떤가에 대하여 관심이 많다.

예를 들어 자신이 하는 먹고, 자고, 싸는 기본적인 욕구를 수행하는 과정에서 부모가 웃거나, 기뻐하면 자신을 사랑을 받는 존재로 생각하여 자존감이 높아진다. 그러나 자신의 행동에 대하여 찡그리거나,

화를 내게 되면 자신이 사랑받지 못하는 존재로 생각하여 자존감이 낮아지게 된다. 따라서 아기의 자존감을 형성하기 위해서 부모는 아기의 다양한 행동에 대하여 민감하게 반응하여 아기가 사랑받고 있다는 안정감과 편안함을 주도록 해야 한다.

이처럼 영아 단계에서 부모의 행동, 아기의 행동에 대한 부모의 반응은 아기의 자존감 형성에 매우 중요한 역할을 한다.

유아기 자존감

유아기는 2세부터 초등학교 입학 전인 6세까지의 시기를 말한다. 이 시기에 유아는 급속한 신체적, 언어적, 인지적, 사회적, 정서적 발달을 하게 된다. 유아기는 자기에 대한 이미지가 형성되면서 자신의 의사를 정확히 표현할 줄 알게 되면서 자존감을 형성해 나가는 시기다.

1) 유아기의 신체 성장

유아기는 영아기에 비하면 신체 성장 속도는 느린 편이지만 이 시기에도 꾸준한 성장을 보인다. 영아기 이후 신장은 매년 7cm씩 자라 6세가 되면 115cm 정도로 성장하며, 체중은 20kg정도까지 증가한다. 손의 기능이 점차 정교해지며. 보행능력이 신장하므로 무엇이든지 자신이 하려고 한다.

두뇌의 신경세포는 대부분 가지고 태어나지만 유아기 단계에는 신경망의 발달로 걷고 말하고 기억할 수 있게 해 준다. 출생 초기에 신생아의 대뇌는 성인 대뇌 무게의 약 25%에 해당하지만, 2세가 되면 약 75%에 이르고, 유아기에도 대뇌는 계속해서 성장한다. 3세에서 6세 사이의 두뇌의 신경망은 전두엽에서 가장 급속하게 성장하여 합리적인 계획을 세울 수 있다.

유아기에 신체가 건강하게 발달하려면 충분한 영양 공급, 규칙적인 생활 습관, 사고와 질병으로부터의 보호가 필수적이다. 이러한 요소가 결핍되면 신체가 잘 성장하지 못한다.

2) 유아기의 정서적 성장

유아기의 정서는 영아기와 큰 차이가 없으나 이전에 형성되었던 정서가 지속적으로 발달하는 시기다. 언어 사용은 아직 미숙해서 하고자 하는 말을 모두 자유로이 표현할 수 없기 때문에, 무엇이나 행동으로 자기를 주장하고 내세우려 한다. 또한 자아의식이 높아지기 때문에 자신의 욕구를 강하게 표현하거나, 자신이 하고 싶은 것에 대하여 자기주장이 강하다.

유아기에는 사물에 대한 호기심이 왕성해지는 시기이기 때문에 장난감, 그림책, 수수께끼 등을 사용하여 아이의 호기심을 채워주는 일이 무엇보다 중요하다. 또한 이 시기는 사람 지능의 80%가 완성되는 시기이기 때문에 아이들의 창의성이나 지적 탐구심을 키워나가도록 유도하여 지능을 높여야 한다.

유아기의 아이는 전적으로 부모에 의존하고 있으며, 부모를 자신과 동일시하는 대상으로 삼고 있으므로 부모가 적절히 모범을 보여야 한다. 점차 아이는 부모의 행동을 따라하거나, 부모가 무엇을 시키려고 하면 말끝마다 "왜?"라고 하기 때문에 반항적으로 보이기도 한다. 이때 부모는 무조건 혼내지 말고 긍정적으로 반응하며 이유를 설명해주면 자존감이 높아진다.

5세경부터는 행동으로 뿐만 아니라 말로도 자신의 의사를 전달할 수 있고 부모의 말에 대해서 이해하는 능력이 급속도로 증가하게 되면서 반항적 행동은 줄어들게 된다. 이 시기의 유아들은 어떤 분야에서든지 자신이 타인보다 월등하며 능숙하게 해낼 수 있다고 생각한다.

3) 유아기의 자존감

자존감의 형성은 영아기에 시작되지만 자존감의 발달은 유아기에 이루어진다. 유아기에는 자기 자신을 이해하기 시작하면서 자아의식이 발달하고, 부모의 보호에 의하여 안정감과 편안함을 느끼며 자존감이 발달하게 된다. 유아기에 자존감을 높이는 방법을 보면 다음과 같다.

① 유아기에는 남을 배려하지 않고 자기중심적으로 생각하기 때문에 모든 것이 자기 것처럼 생각하는 소유욕이 많다. 따라서 남의 물건도 자기 것처럼 생각하거나 새로운 장난감이나 신기한 것을 보면 달라고 한다. 이때는 무조건 안 된다는 말을 하면 아이의 자존감이 떨어지기 때문에, 아이의 소유욕을 인정하되, 애초에 아이가 무리한 욕심을 낼 수 있을 만한 환경을 차단하고, 그래도 소유욕을 버리지 못하면 설득해서 자존감을 유지하게 해야 한다.

② 유아기에는 자기중심적이기 때문에 자기가 원하는 것만 해달라고 하고, 원하는 것이 해결되지 않으면 때를 쓰기 시작한다. 이때도 부모가 아이에 대해서 혼내지 말고 긍정적으로 그래야 하는 이유를 설명해주면 아이의 가기주도적인 기본 생활습관을 익히게 되고 자존감이 높아진다.

③ 유아기에는 자신의 실제 능력을 과대평가하고 자신이 해야 하는 과제는 과소평가하는 경향이 있어 실제로 과제를 해결하는 과정에서 실패하는 경우가 많다. 이때 부모는 아이의 문제점을 지적하기 보다는 과제를 도와줌으로써 자신이 해냈다는 성취감을 느끼게 해주고 무엇이든지 스스로 할 수 있다는 믿음을 주어 자존감을 높여주는 것이 좋다.

아동기 자존감

아동기는 7세부터 12세까지로 취학과 더불어 제도적으로 의무화한 교육이 교육기관에서 이루어지기 때문에 학령기라고도 한다. 가정에서 뿐만 아니라 사회에서도 규범과 지식을 습득하며, 또래와의 공동생활을 통해 자신과 타인에 대한 이해의 폭도 넓혀가게된다. 이 시기에는 생활의 중심이 가정에서 학교로 옮겨지게 되어 사회적 관계를 많이형성하고 사회인의 기초를 쌓게 되며, 아동들은 부모의 강력한 영향권에서 벗어나서또래와의 관계가 중요시되게 된다.

아동기에는 새로운 것을 배우기보다는 영아기를 거쳐서 유아기까지 획득한 지각운동기능을 보다 기술적으로 사용하는 능력을 키우며 인지적 측면에서도 지각에 의존하던사물의 판단과 자기중심적인 사고를 극복한다. 또한, 가족뿐만 아니라 TV 등의 매스컴, 주변 사람들의 영향, 학교에서의 학습 등으로 인지능력이 급격하게 발달한다. 선생님이나 부모에 대한 동일시 과정, 또는 주변 성인이나 또래들과의 유대관계가 강화되면서 개성을 발달시켜 나가기 때문에 자존감 형성에 있어 또래와 학교가 중요한 역할을한다.

이 시기에는 또래들과 잘 어울리는 방법을 획득하고 자기의 한계를 인식하고, 어른의요구에 적절히 반응하고 자신의 행동을 통제할 수 있게 됨으로써 자존감을 발달시켜간다. 이러한 자존감은 성인이 되어 세상을 살아나가는데 중요한 역할을 된다.

1) 아동기의 신체발달

아동기의 신체 발달은 매우 완만하다. 6세 정도의 아동은 외형적으로 영구치가 생겨서 어릴 때의 모습과 다르고, 턱이 발달되고, 코도 커져서 귀여운 아기 모습에서 벗어난다. 신체 성장률은 영아기와 청년기처럼 급속하지 않으나 전체적인 모습은 성인과 유사하며, 몸통이나 다리가 가늘고 길어지며, 가슴은 넓어진다. 머리의 크기는 키의 1/7 정도로 성인의 모습과 비슷해진다. 신체 특징은 이 시기에 매우 중요하게 작용한다.

신체의 크기나 골격은 운동이나 친구와의 놀이에서 중요한 영향을 미친다. 개인차가 있지만 대체로 체격이 작고 빈약한 아동은 다른 아동에 비해 힘이 부족하므로 소심하고 겁이 많은 것처럼 보이며 반대로 체격이 크고 튼튼하고 힘이 센 아동은 쾌활하며 창조적이고 자기 자신을 표현하는데 적극적인 것으로 보인다. 뿐만 아니라 신체의 크기는 또래나 주변사람이 아동을 대하는 태도를 결정하는 조건이 된다.

2) 아동기의 운동발달

아동기에 운동기술이 발달되는 것은 지각이나 신체의 운동을 뒷받침하는 중추신경 및 대뇌의 발달이 대체로 5세에서 7세 사이에 이루어지기 때문이다. 운동기술은 지구력과 순발력으로 나눌 수 있다. 지구력은 동작을 시작해서 동작이 끝날 때까지의 동작시간을 말한다. 순발력은 동작에 대한 신호를 포착하고 나서 동작으로 표현하기 위한 결정시간을 말한다.

정신지체아나 자폐아는 지구력은 좋으나 준비, 또는 출발이라는 소리를 듣고 동작으로 바로 바꾸는, 즉 곧바로 뛰어 나가는 순발력에서 뒤지는 것을 흔히 볼 수 있다.
아동기의 운동 발달은 아주 중요한 의미가 있다. 아동 스스로 다른 아동과 비교하여 자기 평가를 하게 되므로 자아와 자존감 형성에 중요한 역할을 한다.

3) 아동기의 인지발달

사람이 살아가면서 당면한 문제를 해결해 나가는 방법은 각기 다르다. 이러한 개인차는 정보를 얻고, 이것을 기억해 두었다가 다시 사용하며 추리하고 추측하는 데에서 나타난다. 이러한 차이를 설명하는데 있어 우리는 흔히 지능이라는 개념을 사용한다.

지능발달에 영향을 주는 요인이 오래전부터 유전과 환경이라 알려져 있다. 지적발달에 있어서 유전적 요인이 어느 정도 작용하는가를 규명하기는 어렵지만, 가정환경과 학교환경이 중요한 영향을 미치는 것으로 나타났다. 일반적으로 가정환경에는 가정의 사회 경제적 수준에 의해 규정되는 사회적 환경 및 물리적 환경과 심리적 환경이 포함된다.

부모의 교육수준과 사회적 지위, 경제적 지위가 높은 가정의 아동은 지위가 낮은 가정의 아동에 비해 지능이 높은 경향을 보인다. 학교 환경도 아동의 지능발달에 영향을 준다. 교사가 아동에게 허용적이고 격려적인 태도를 보이면 아동들의 지적 호기심이 자극되어 지능발달에 긍정적인 영향을 미친다.

4) 아동기의 자존감

아동기도 부모의 영향이 지대해서 부모의 지지를 받으며 자라거나, 칭찬과 격려를 받은 아이들은 자존감이 높아져, 부모의 보호로부터 벗어나 독립심이 강해지고, 일상생활에서 자기주도적인 생활을 한다. 그리고 자신감을 가지고 적극적인 생활을 하며, 또래 친구들과 원만한 관계를 유지하게 된다.

그러나 부모의 과도한 기대를 충족시키지 못하거나, 부모로부터 자주 혼나거나, 계속적인 실패를 경험하게 되면 부정적인 자아개념이 생겨나고 결국에는 낮은 자존감을 형성하게 된다.

아동기에 낮은 자존감은 자신을 쓸모없고 능력이 부족한 사람이라고 생각하여 새로운 과제에 불안을 보이거나 도전을 회피하게 된다. 또한 지나친 부모에 대한 의존도가 커지고, 자신감을 상실하게 된다.

아동기에 또래 친구들도 자존감 형성에 중요한 역할을 한다. 아동이 또래 친구들에게 수용과 인정을 받게 되면, 자신을 긍정적으로 받아들여서 높은 자존감을 형성하게 된다. 그리고 또래를 통해 사회생활의 여러 가지 방법을 터득하고 자신이 속한 문화의 가치관과 규범을 배우게 된다.

아동이 학교에 입학하면 아동은 가정에서 보내는 시간이 줄어들고. 학교는 아동 활동의 중심이 된다. 학교에서 이루어지는 여러 가지 경험을 통해 아동은 자신의 능력에 대한 자아개념을 획득하게 되는데, 자기의 평가가 긍정적인가, 부정적인가에 따라 자존감 형성에 차이가 생긴다.

청소년기 자존감

청소년기는 기관과 법규에 따라서 기준이 다르나 대략 9~24세의 연령에 해당하는 시기를 말한다. 우리나라에서는 청소년의 개념이 중·고등학생 나이대로 인식되고 있으며, 20세부터는 '성인'이라고 생각하는 것이 일반적이다.

청소년은 청년과 소년을 총칭하는 말로서 이는 아동과 성인에 대한 세대개념이며 남녀의 구별 없이 공용되고 있다. 청소년은 아동과 성인의 중간, 즉 신체적·정신적·사회적으로 아동에서 성인으로 되어 가는 과도기적 시기다.

청소년기는 사춘기에서 성인에 이르는 과도기로 전반적으로 자존감이 떨어지는 경향이 있다. 이 시기에는 다양한 심리특성과 복잡한 사회문화적 배경, 다양한 역할의 상충으로 인해서 혼란기를 맞게 되기 때문이다. 또한 청소년기에 욕구 좌절이 증가하는 것은 부분적으로 성적 충동과 성적 표현의 금지에 기인되지만, 욕구좌절이 증가됨에 따라 청소년은 더욱 문제 행동을 나타내기 쉽다.

청소년기의 자존감은 청소년기를 잘 보내게 하는데 중요한 역할을 하며, 자존감이 낮아지면 청소년기에 혼란이 많아지며, 목표를 정하지 못하고 힘든 시기를 보내게 된다. 그러나 자존감이 높으면 성공적인 청소년기를 보내게 되며, 자신의 목표를 세우고 도달하게 한다.

1) 청소년기의 신체발달

청소년기에는 키와 몸무게가 빠르게 성장하여 급격한 신체적 변화가 일어나며, 청소년기가 지나면 성장을 마치게 된다. 그리고 근육조직의 발달과 함께 근육의 힘도 증가하며 운동능력은 계속 상승한다.

청소년기에는 성장 호르몬과 성호르몬의 분비가 크게 늘어나면서 성적으로도 성숙하여 남녀의 신체적 특징이 분명하게 나타난다. 여자는 청소년기에 초기 유방이 발달하며 음모와 체모가 나기 시작하면서 초경을 경험하게 되고 남자의 경우, 성장급등 현상이 나타나기 1년 전쯤부터 고환과 음낭이 확대되고 음모가 나타나며 내부생식기관도 발달하여 14~15세 경이면 사정이 가능하다. 이러한 신체적 발달로 청소년은 스스로를 성인으로 지각하기 시작한다.

청소년기에는 두뇌기능도 완성되며, 청소년기를 지나면서 뇌세포가 죽어가며 두뇌기능도 점차 떨어져 간다.

2) 청소년기의 심리적 특성

청소년기에는 생리적 변화에 따른 자신감을 상실하는 경우가 많으며, 이로 인해 심각한 정서불안을 나타내기도 한다. 그리고 인간관계가 확대됨에 따라 긴장과 갈등이 심화되며, 부모와 같이 시간을 보내기 보다는 친구들과 어울리는 것을 좋아한다.

청소년기에는 감정 조절능력이 부족하며. 현실에 대한 사고와 판단능력이 정착되지 못하여 우울증이 나타나기도 한다. 또한 호기심과 모험심이 강하며, 자극적인 것을 좋아하여 약물 중독이나 흡연을 하기도 한다.

자아정체성을 확립해 가는 시기로 독립욕구에 따라 부모나 교사에 대해서 이유없이 반항을 하기도 한다. 뿐만 아니라 모든 것을 자기중심적으로 생각하거나 자기를 우상화하는 현상이 나타나기도 한다.

3) 청소년기의 행동적 특성

청소년기는 신체의 급격한 성장과 함께 운동량이 많아지게 됨으로 피로감과 게으름 현상이 나타난다. 자기중심적이기 때문에 자기주장을 강화하여 다른 사람들과 의견 충돌이 많이 생기거나, 심하면 사람들과의 인간관계를 단절하여 자신을 고립시키기도 한다.

자아의식 강화로 자신의 환경에 대하여 비판적인 성향을 갖게 되며, 올바른 길로 가기를 지도하는 부모나 교사에 대하여 반항하는 현상이 나타난다.

청소년기는 신체성장 만큼 자신의 능력이 발달하지 못하기 때문에 자신감을 상실하거나 좌절하는 현상이 나타난다. 이로 인해 청소년 문제가 발생하게 된다.

4) 청소년의 자존감

청소년 시기는 인생에서 가장 예민한 감성대를 지닌 청소년들이 자신의 주변에서 일어나고 부딪치고 있는 크고 작은 현상들에 대해 반응하고 수용하는 과정에서 생기는 감정과 행동들이 모두 자존감에 영향을 준다. 청소년기의 자존감은 청소년들이 자아를 인지하는데 있어서 자신의 역할을 얼마나 성공적으로 수행하는가에 대한 자기평가 결과에 의해 형성된다.

청소년기란 의존적인 아동기에서부터 자립적인 성인기로 가는 과도기이며, 심리학적으로는 하나의 주어진 사회에서 아동으로서의 행동과 성인으로서의 행동을 구별해서 새롭게 적응해야 하는 정체성 혼란을 겪는 시기다. 따라서 이 시기는 아동기에 형성된 자존감에 의해 영향을 받지만 청소년기에 느끼는 생각과 다양한 경험, 성취감 등이 자존감 형성에 큰 영향을 미친다.

청소년기의 자존감은 스스로에 대한 만족을 시작으로 부모나 친구, 교사들에 의하여 영향을 받는다. 청소년기에 높은 자존감은 자신을 스스로 사랑하며, 가치를 인정하기 때문에 우선 자아정체감을 형성하게 되고, 높은 성취수준을 보이며, 높은 포부 수준을 가지고 있어서 도전하려는 의욕과 성공에의 기대감도 높고, 부모와의 관계가 좋고, 사회적 교제도 잘하며, 자신의 목표를 세우기 때문에 일반적인 청소년들에 비하여 비교적 안정된 청소년기를 보낼 수 있다.

그러나 청소년기에 자존감이 낮으면 낮은 성취수준을 보이고, 신경질적이며, 낮은 포부 수준을 가지고 있어서 도전하려는 의욕과 성공에의 기대감도 낮았다. 또한 부모와의 관계도 아주 소원하고, 사회적 교제에서도 무능력과 고립을 느끼며, 자신에 대해 만족하지 못하고, 심하면 우울증을 겪거나, 목적성이 결여된 우발적인 행동을 하며, 범죄적 행동을 저지르기도 한다.

3장

자존감을 높이는 방법

 자신을 사랑하게 한다

자존감이란 말 그대로 자신을 존중하고 사랑하는 마음이다. 따라서 자존감을 높이기 위한 가장 기본적이고도 효과적인 방법은 바로 자신을 사랑하는 일이다.

사랑이란 어떤 사람이나 존재를 몹시 아끼고 귀중하게 여기는 마음을 말하는데, 나를 아끼고 귀중하게 여기는 마음을 가지게 되면 결국 자신을 사랑하는 것이 되니 자존감은 향상될 수밖에 없다.

자신을 본인이 스스로 사랑하지 않는다면 아무도 자신을 사랑해주지 않는다. 자신이 스스로를 사랑해야 그것이 자존감이 되어 남들에게 당당하고 아름답고 멋있는 사람으로 인식되어 사랑을 받을 수 있다. 하지만 자신을 사랑하지 못한다면 남들에게 자신없는 사람과 부정적인 사람으로 인식 받게 되어 사랑을 받을 수 없다.

자존감을 높이는 방법들이 많은데 그 중에서 손쉽게 할 수 있는 것도 자신을 사랑하는 일이다. 그러나 자존감이 약한 사람들은 자신을 사랑하는 방법을 모른다. 자신을 사랑하는 것이 자존감 향상에 도움이 된다는 것을 알아도 구체적으로 어떻게 자신을 사랑하는 줄 모르는 사람도 많다.

1) 자신을 존중하게 한다.

자신을 사랑하는 가장 쉬운 방법은 자신을 존중하는 것으로부터 시작한다. 존중은 높이어 매우 중요하게 대하는 것을 말한다. 사람은 누구나 소중한 생명을 가졌기 때문에 존중받으며 살아야 한다. 존중은 자신이 자신을 존중할 수도 있으며, 타인으로부터 존중을 받을 수도 있다.

자신을 존중하게 되면 자신을 높이어 매우 중요하게 대하기 때문에 자존감이 향상된다. 또한 남들로부터 존중을 받는 것도 상대방이 자신이 중요한 존재로 인정하고 있다는 것이기 때문에 자존감이 향상된다. 따라서 아래와 같이 아이들이 자신을 존중하게 생각이 들도록 지도한다.

- 나는 귀한 사람이다.
- 나는 소중한 생명을 가진 사람이다.
- 나는 사회를 구성하는 데 중요한 역할을 하고 있다.
- 나는 누가 뭐래도 중요한 사람이다.
- 나는 행복한 삶을 살고 있다.
- 나는 꼭 필요한 존재다.
- 나는 내가 좋다.
- 나는 나를 인정한다.
- 나는 나를 사랑한다.
- 내 삶의 주인공은 나다.
- 내 삶은 내가 선택하고 내가 결정한다.

자신을 스스로 존중하지 않으면 남들로 부터도 존중받기 어렵다. 사람은 남들로부터 존중받지 못하면 마음이 아프고, 기분이 나빠지거나 심하면 급격하게 우울해지면서 자존감이 낮아지게 된다. 따라서 자신의 자존감을 높이기 위해서는 가장 먼저 자신을 존중하는 것으로부터 시작해야 한다.

2) 자신의 가치가 높다고 생각하게 한다.

자신을 사랑하는 방법은 자신의 가치를 스스로 높다고 생각하는 것으로부터 시작한다. 지금 느끼고 있는 가치보다 나는 더 가치가 높은 사람이라는 생각으로 자신을 아끼는 것이다.

자신을 가치를 높게 생각하게 되면 자연적으로 자존감이 높아진다. 자신의 가치가 높이는 생각은 어떤 상황에 처하더라도 현명하고 용기 있게 극복해 나갈 수 있기 능력을 갖기 때문에 자존감을 높이는 데 매우 중요하다.

따라서 아래와 같이 아이들이 높다고 생각이 들도록 지도한다.

- 나의 가치는 매우 높은 사람이다.
- 지금까지는 평범한 나였지만 나는 점점 특별해지고 있다.
- 나는 중요한 사람이다.
- 지금 내 능력은 보통이었지만 나의 장점들이 많다.
- 나는 앞으로 잘 해낼 수 있을 것이라고 기대한다.
- 나는 발전 가능성이 높은 사람이다.
- 나는 매일매일 여러 방면에서 나아지고 있다.
- 나는 인간적으로 매력이 있는 사람이다.
- 나는 봄의 따뜻한 생명력을 전하는 사람이다.

긍정적인 생각을 갖게 한다

자존감을 높이기 위해서는 긍정적인 사고방식을 갖게 해야 한다. 어떤 상황에서 부정적인 생각이 시작되면, 전체가 부정적으로 생각되어 자존감이 떨어질 수밖에 없다.

자존감을 높이기 위해서는 아무리 나쁜 상황이라도 더 나은 상황으로 만들기 위해서는 긍정적인 사고가 필수다. 또한 도전에 대해 실패가 두려워 부정적인 생각을 갖게 되면 결과도 안 좋게 나올 수밖에 없다. 긍정적인 생각을 갖게 되면 아무리 어려운 상황이 와도 긍정적으로 생각하기 때문에 좋은 결과가 나올 수밖에 없다.

아이에게 긍정적인 사고를 가지게 하는 것도 중요하다. 그러기 위해서는 부모가 먼저 아이 앞에서 긍정적인 표현들을 사용해야 한다. 간혹 아이의 기를 살려준다고 해서 아무대서나 거친 말투를 쓰거나 욕을 한다면 아이에게 좋지 않은 영향을 줄 수 있다.

아이들은 부모의 언어 습관을 보고 그대로 따른다. 특히 말을 배우는 아이들의 경우 더욱 더 심하다. 그러므로 부모가 "~ 하면 안 된다", "~하면 맞는다" 등의 부정적인 언어를 사용하면 아이들은 자연스럽게 부정적인 생각을 갖게 되고 이러한 사고방식이 자신도 모르게 습관화 되어버리게 된다.

예를 들어 아이들은 호기심으로 모든 물건들을 만지고 건드린다. 아이들이 그런 행동을 하게 되면 부모들은 아이들이 벌여놓는 물건을 치우기 귀찮아 아이들이 물건을 만지기도 전에 "그 물건 만지면 안 된다"하고 아이에게 말한다.

또, 아이가 밖에 나갔을 경우 놀이터에서 아이가 놀이기구에 대해 도전을 할 때에도 엄마는 아이에게 말한다. "그거는 위험하니까 하면 안돼"라고 한다. 그러면 아이는 금세 도전하려던 놀이기구를 두려워하게 되고 도전의식은 사라지게 된다.

이렇게 아이들은 부모들에 의해 많은 영향을 받는다. 그러므로 아이들에게 말을 할 때는 부정적인 표현보다는 보다 긍정적인 표현을 사용함으로써 아이들에게 긍정적인 사고방식을 심어준다.

아이에게 긍정적인 사고를 심어주기 위해서는 긍정적인 호칭을 쓰는 것도 중요하다. 아이와 대화를 할 때 아이를 귀엽다고 호칭을 많이 부르는데 여기에도 주의해야 한다.

아이들에게 '바보야!' 라고 말하면 '바보'로 자라고 '예쁜이!'라고 말하면 말 그대로 '예쁜 아이'로 자란다. 왜냐하면 부모가 부르는 호칭은 아이들의 잠재의식 속에 그대로 심어지기 때문이다.

부모는 아이에게 긍정적인 기대감의 표현을 한다. 아이와 대화를 하면서 아이가 하게 되는 행동 하나하나에 부모는 기대감을 표현 한다. 아이는 부모가 기대한 대로 자라게 되며, 아이 역시 자신이 하게 될 행동이 나쁜 행동보다는 좋은 행동 쪽으로 흐르게 된다.

단, 아이에 대한 기대감을 아이에게 부담으로 다가가지 않는 범위 내에서 드러내도록 한다. 아이가 어떤 것에 도전할 때 부모는 아이의 능력을 적극적으로 믿어준다. 아이는 부모가 자기를 믿는다는 것을 알게 되면 자신감이 생겨 모든 일에 적극적이고 긍정적으로 반응하기 때문이다.

〈아이가 공부를 하고 있을 경우〉

× "아직까지 한 장밖에 안했니? 빨리 빨리 더 열심히 해야지?"
○ "음. 열심히 했구나! 벌써 한 장이나 했네. 이제 조금만 더 하면 되겠다. 파이팅 하자!"

〈아이가 물을 엎질렀을 경우〉

× "그럴 줄 알았다. 네가 하는 게 다 그렇지. 넌 맨 날 그 모양이니? 물 하나도 제대로 못 따르니. 누굴 닮아서 그러는지 모르겠다"

○ "어디 다친 데는 없니? 유리컵이라서 깜짝 놀랐다. 그렇지 않아도 거실이 엉망 이였는데 우리 철수 덕분에 걸레로 깨끗하게 바닥 청소 좀 하겠는 걸. 대신 좀 도와 줄 거지?"

 도전하게 한다

도전이란 보다 나은 수준에 도달하려는 것을 말한다. 도전에 임하는 순간 두려움이 앞서기도 하지만, 그 일에 대한 책임감과 설렘으로 자신의 몸 안에 있던 힘이 솟아난다. 따라서 도전은 자존감을 높이는데 매우 유익하다. 도전은 높은 자존감을 바탕으로 나타난다.

옛날 마음에 게으른 아들을 둔 부모가 있었다. 아들이 너무 게을러 일은 전혀 하지 않고 빈둥빈둥 노는 것이 마음에 아팠다. 아들은 부모가 해주는 밥을 먹으며 유산을 받아 편하게 쓰겠다는 생각으로 전혀 일을 하지 않았다. 그러나 부모는 자식의 삶의 모습이 너무 안타까웠기에 농사짓는 방법 좀 배우라고 계속 자식을 타일렀지만 전혀 아들은 움직이지 않았다.

편한 생활에 안주해 있기 때문에 무언가를 한다는 것은 귀찮은 것이었다. 결국 아버지는 눈을 감으면서 아들에게 "물려줄 유산은 전부 보물로 바꾸어 집 뒤의 야산에 묻어 놓았으니 찾아 써라"는 유언을 남기고 눈을 감았다.

아들은 당황했다. 모든 유산들이 고스란히 남겨져 편한 생활을 구가할 수 있을 것이라고 생각한 것이었다. 당장 내일부터 먹고 살기 위해서는 보물을 찾아야 한다는 강박관념에 다음날 새벽부터 삽을 들고 야산을 파헤치기 시작하였다. 몇 일을 야산을 파헤쳤지만 보물은 나오지 않았다. 그러나 아들은 멈출 수가 없었다. 식량이 떨어진 것이다.

아들은 마침내 온 야산을 다 파헤쳤을 때 항아리 하나는 발견하였다. 항아리 안에는 보물 대신 아버지가 남긴 글이 있었다. 글에는 "지금 네가 보물을 찾기 위해 파헤친 야산은 이제 밭이 되었을 것이다. 씨를 뿌려 곡식을 거두어라"라고 써 었다.

아들은 충격에 빠졌고 아버지를 원망도 하였다. 그러나 아들은 선택의 여지가 없었다. 결국 아버지의 말대로 씨를 뿌렸다, 결국 아들은 풍년을 맞아 몇

년 동안 먹고 살 수 있는 재산을 모았다. 그 때 아들은 깨달았다. 아버지가
남긴 것은 야산이 아니라 도전하라는 교훈을 남겼다는 것을 알게 되었다. 아들
은 그 후부터 열심히 일하여 부자가 되었다고 한다.

이 일화가 주는 교훈은 많지만 믿음이 허황된 것일지라도, 끊임없이 성공을 기원하며 도전한다면 성공은 실현된다는 것과 성공은 결국 현실의 안주보다는 도전을 해야 이루어진다는 것을 알 수 있게 해준다.

어린아이들은 실패가 무엇인지를 모른다. 그렇기 때문에 무엇이든 행동으로 옮겨서 좋은 것들은 빨리 배운다. 당신도 걸음마를 배울 때, 몇 걸음 걷다가 넘어지고 또다시 일어나기를 반복하면서 배웠을 것이다. 심지어는 다치기도 하였을 것이다. 어린아이는 다치거나 상처 입는 것을 두려워하지 않기 때문에 모든 것을 배워나간다. 그러나 어른이 되면서 세상을 알게 되고 어려울 것 같다는 생각이 커지면서 스스로 포기를 만든다.

불가능하다고 생각하는 것은 실제 불가능해서가 아니라 내가 만든 기준 때문에 그렇다는 것이다. 그래서 성공한 사람들은 불가능이 없다고 하기도 하고. 포기하지 않으면 모든 것이 이루어진다고 하였다. 그리고 에디슨은 성공은 실패의 어머니라는 말을 하여 결국 실패를 해야만 성공으로 이를 수 있다는 이야기를 하는 것이다.

강하게 키운다

매년 신생아 출산율이 떨어지고 있다. 그러다 보니 아이들을 귀하게 키우려는 노력이 경쟁하듯이 벌어지고 있다. 아이들은 고학년이 되어도 모든 것을 부모에게 의지하는 아이들이 증가하였다.

문제는 아이들은 계속 부모의 의지하면서 나약해진다는 것이다. 평생을 보모가 살아서 보살 필 수 있다면 모르지만 결국 부모의 곁을 떠나서 사회생활을 해야 할 아이들이기 때문에 아이가 자신의 길을 착실하게 밟아나갈 수 있도록 엄하게 다스릴 필요가 있다.

아이의 교육을 위해 3번이나 이사를 강행한 맹자의 어머니, 불을 끄고 붓글씨와 떡 썰기로 한석봉을 명필로 만든 강한 어머니가 있었다.

아이들이 세운 꿈이 클수록 꿈은 쉽게 이루어지지 않는다. 누구나 꿈은 크게 가지고 있지만 목표에 도달하는 사람이 적은 이유는 중간에 포기하기 때문이다.

결국 아이가 세운 목표에 도달하게 하려면 부모의 격려도 중요하지만 그보다 중요한 것은 아이를 강하게 키우는 방법이 가장 효율적인 것이다. 그러기 위해 아이들을 강하게 키우는 훈련이 뒷받침 되어야 한다.

아이들이 생활하는 모습을 보고 안타까워서 부모가 대신해주는 방청소, 옷 정리, 등하교 지원 등이 어쩌면 아이들이 직접 할 수 있는 기회를 빼앗을 수 있다는 것이다. 따라서 아이들이 할 수 있는 일은 아이가 할 수 있는 할 수 있도록 도와는 주되 부모가 모든 것을 다해서는 안 된다. 매사에 아이에게 독립심을 키워주고 스스로 할 수 있도록 기회를 주어야 한다.

영화「트로이」에서 아킬레스가 전쟁에 나가야 할지 고민하고 있을 때 그의 어머니는 그에게 이렇게 말한다.

'아들아, 네가 여기에 남는다면 너는 아름다운 아내와 행복한 가정을 가지게 될 것이다. 그러나 너의 아이들과 너의 다음 세대는 너를 기억할 것이지만 그 다음 세대는 너를 잊게 될 것이다. 네가 트로이로 간다면 너는 명성과 명예를 얻게 되고 모든 세대가 너를 기억하게 되리라. 그렇지만.. 트로이로 가면 너는 네 조국 땅을 밟지 못하고 이 어미를 다시는 보지 못할 것이다' 결국 아킬레스는 집을 떠났고 전쟁터에서 죽었지만 그는 후세 사람들이 기억하는 영웅이 되었다.

테티스는 아들에게 선택의 기회를 주었고, 책임지게 함으로써 강인한 아들을 키웠고 역사에 남는 아들을 만들었다.

2006년 초 한국을 방문한 미식축구 선수 하인즈 워드는 한국인 어머니를 둔 혼혈아다. 더욱이 아버지 없이 어머니와 살았기 때문에 미국 땅에서 힘들게 살았다. 그런 그에게 축구선수가 되기까지의 강인한 독립심을 가지도록 격려해 준 사람은 그의 어머니 김영희씨. 그의 어머니는 하인즈의 성공을 위해 모든 노력을 다하셨다. 특히 남달랐던 점은 정부보조금까지 받지 않으려는 독립적인 어머니의 강한 성격을 하인즈가 본받았다는 것이다. 김영희씨는 떳떳하게 자립하여 살기를 원하셨고, 그런 그녀의 태도가 아들에게도 영향을 준 것이다. '제가 NFL(미식축구리그)에 들어갔을 때도 아무도 저를 도와주지 않았어요. 그러나 내가 외롭고 고독하다고 생각할 때마다 강인한 어머니를 생각하면 저도 어머니처럼 꿋꿋하게 이겨나갈 수 있었어요' 라고 말했다.

역사적으로 성공한 사람의 뒤에는 강한 어머니가 있었기 때문이라는 것을 보아왔다. 그러나 무조건 강한 부모가 아니라 강한 마음가짐을 가진 아이로 자랄 수 있도록 아이의 생각이 무시당하지 않도록 진지하게 받아주는 사랑을 가진 강한 부모가 되어야 한다는 것이다.

〈아이 기질에 알맞은 대화법〉

1. 재능은 없지만 하려는 의지가 있으면, 방향을 잘 정해주는 대화법

=〉 "노력하면 안 되는 일은 없단다. 이렇게 네가 열심히 하니 분명 멋진 과학자가 될 수 있을 거야. 과학자가 되려면 어떻게 노력해야하는지 함께 알아보자"

2. 재능도 없고 하려는 의지도 없으면 적극적인 대화법

=〉 "과학자가 되고 싶은 게 꿈이라고 했지. 그럼 우리 이번 주말에 과학전시관 들렸다가 과학 고등학교 그리고 과학기술원까지 한번 가보는 게 어떠니?"

3. 재능은 있지만 하려는 의지가 없으면 함께 해주는 대화법

=〉 "무엇이든지 궁금한 게 있으면 답을 찾을 때 까지 노력하는 네가 정말 대단하다. 엄마가 맨 날 귀찮아해서 미안해. 그래서 네가 궁금했던 내용이 자세하게 나온 책이 있어서 사왔는데 선물이야"

4. 재능이 있고 하려는 의지도 있는 아이에게 해주는 대화법

=〉 간단한 메모 쪽지 남겨주기

"00야 스스로 열심히 하는 네가 너무 기특하고 대견스럽구나. 사랑해. 분명 넌 해낼 거야. 항상 너를 믿는다"

남과 비교하지 않게 한다

비교라는 것은 다른 사람과 자신간의 차이점이나 유사점 따위를 견주어 보는 것을 말한다. 자존감은 나 스스로를 비하하지도 않고, 내세우지도 않으며, 있는 그대로 자신을 바라보는 것으로 시작된다.

따라서 자존감은 자기 스스로가 자신에 대해서 갖는 감정이기 때문에 남과 비교해서는 안 된다. 더욱이 자신을 사랑하기 위해서는 있는 그대로를 스스로 인정해주어야 한다.

자존감이 떨어지는 이유 중에 하나는 남들과 비교하면서 자신의 부족함을 찾기 때문이다. 예를 들어 '남들이 나보다 잘 났다는 생각', '남들이 나보다 부자라는 생각', '남들이 나보다 능력이 있다는 생각', '남들이 나보다 모든 일이 잘된다는 생각' 등은 주관적인 생각인 것이다.

단순한 주관적인 생각에 자기 자신을 과소평가하고 다른 사람들을 과대평가하게 되면 자신은 한없이 초라하고 우울해진다.

의외로 남들은 관심도 없는 사안에 대해서 혼자 비교하고 자신이 부족하다는 생각에 낙담을 하는 경우도 많다.

예를 들어 상대방은 멋있다는 생각을 가지지도 않는데 나 혼자 "저 사람은 멋있는데 왜 나는 이렇게 못생겼을까?" 또는 저 사람은 좋은 옷을 입고 다니는데, 나 혼자 "저 사람은 부모를 잘 만나서 비싼 옷을 입고 다니고, 나는 가난한 부모를 만나서 싸구려 옷을 입고 다닌다"라는 생각을 한다

. 그 누구도 신경 쓰지 않는 일에 대해 본인이 만든 잣대로 비교하여 자신의 자존감에 상처를 입히는 것이다.

만약 현실적으로는 그러하더라도 보이는 것만이 다가 아니라는 것을 인지하고 또한

그에 못지 않은 본인이 가지고 있는 장점과 가치를 생각하는 것이 중요하다. 자신 만이 가지고 있는 가치와 존중을 통해 자신을 사랑하는 마음이 생기며 자존감을 높이는데 도움이 된다.

자존감을 높이기 위해서는 남들과 비교하지 말아야 한다. 어쩌다 남들과 비교하려는 생각이 들려고 하면, 그 비교하려는 생각을 최대한 빨리 버려야 한다.

만약 어쩔 수 없이 남들과 비교를 하게 된다면 자신을 과소평가하지 말고, 자신을 남들보다 높은 우선순위에 두어야 한다.

자신의 강점을 찾게 되면 자신을 존중하게 되면서 자존감이 높아지게 된다. 그렇다고 자신에 대한 자존감이 지나쳐 자만심과 오만으로 변질될 수 있는 태도는 피해야 한다.

예를 들어 "세상에는 나보다 잘 난 사람이 하나도 없어", "나보다 일을 잘 처리하는 사람이 있으면 나와 봐", "나보다 행복한 사람은 본 적이 없어" 등을 말한다.

자신을 사랑하는 것이 지나쳐 자신의 잘난 점과 장점만 지나치게 생각하는 자기중심적인 사고를 가지지 않도록 한다.

자기중심적이 되면 주변에 있는 사람들은 점점 거리감을 느끼게 되고, 함께 하기를 꺼려하여 결국 인간관계에서 고립을 가져오게 한다.

자신의 장점을 찾기 어렵다면 자신이 느끼는 자신의 단점을 찾아서 장점으로 **변환해**야 한다.

아이가 자기 자신이 좀 더 나아질 수 있도록 자신의 단점을 장점으로 변화를 시키기 위해서는 다음과 같은 마음을 갖게 한다.

- 나는 능력은 없지만 노력을 잘 한다
- 나는 잘 되는 일은 없지만 끝까지 도전한다.

- 나는 몸이 약하지만 정신력은 강하다.
- 나는 돈이 많은 부자는 아니지만 마음은 부자다.
- 다른 사람의 성공은 수많은 실패 속에서 이루어졌다.
- 열 번 찍어 안 넘어가는 나무 없다.

실수를 인정하되 자책은 하지 않게 한다

실수란 조심하지 아니하여 잘못하는 것을 말한다. 살다보면 사람의 능력에 관계없이 누구나 실수를 할 수 있다. 자존감이 높은 사람은 실수는 누구나 할 수 있는 것이라고 생각하여 대수롭지 않게 생각한다.

반면에 자존감이 낮은 사람은 자신이 무능력해서 실수를 했다고 생각하여, 자신의 실수를 용납하지 못하고 너무 깊은 반성을 하는 사람이 있다.

실수를 인정한다는 것은 자신을 아끼고 다른 사람을 배려하는 마음에서 시작되고, 실수로 인해 생기는 어려운 일을 두려워하지 않는 것을 의미한다. 따라서 실수를 깨끗이 인정하면, 자신이 강하고 용감하다는 사실을 증명하는 게 된다.

실수가 두려운 이유는 실수로 인하여 다른 사람의 비판이나 부정적인 말을 들을 것에 대하여 신경이 쓰이기 때문이다. 결국 실수를 했을 때 타인들의 반응을 너무 의식하거나, 실수 했을 때의 부정적인 경험이 두려움을 만든다.

그러나 실제로 자신이 한 실수로 인해서 다른 사람의 비판이나 부정적인 말을 듣는 경우보다는 실수를 인정하면 아무 일도 생기지 않는 경우도 많다. 결국 생기지 않을 일을 미리 두려워하는 것이 된다.

실수에 대한 두려움이 강하면 강할수록 실수를 인정하지 않고 도전을 회피하려는 성향이 나타난다. 실수가 두려워지면 자꾸 자기 스스로가 완벽해지려는 강박 관념에 시달리게 되며, 오히려 불안감 때문에 정신 집중이 되지 않아 일의 효율성이 떨어지게 된다.

또한 실수를 하고도 실수를 인정하지 않으려고 하면, 실수로부터 탈출하려는 스트레스를 유발할 뿐만 아니라 자존감을 낮추기도 한다. 따라서 실수를 두려워하지 말아야 한다. 오히려 실패와 실수는 당신을 성장하게 한다는 생각을 가져야 한다.

실수를 인정한다는 것은 자신이 한 일에 책임을 지고 반성을 통해 같은 실수를 하지 않으려는 마음을 갖는 것이고 자존감 형성에 도움이 된다. 그러나 한 번의 실수로 자신을 너무 심하게 몰아 부친다면 스스로 자책하게 되며 가치를 낮추게 만든다. 이러한 자책은 결국 자신을 우울하게 만들며, 비관적으로 변하게 만든다. 때문에 아이가 지나친 반성은 피하게 하는 것이 좋다.

아이가 실수의 두려움에서 벗어나게 하는 방법은 다음과 같다.

- 잘 될 것이라는 기대감을 갖게 한다.
- 최고보다는 최선을 다하려는 생각으로 시작하게 한다.
- 실수는 특별한 것이 아니라 누구나 하는 것이라는 생각을 갖게 한다.
- 실수는 나를 가르치는 교훈이라는 생각을 갖게 한다.
- 최대한 긍정적 생각을 가지게 한다.
- 최대한 연습을 많이 해서 실전에서 잘할 수 있도록 한다.
- 잘할 수 있다는 자신감을 갖게 한다.
- 나의 실수에 대하여 다른 사람들은 특별한 관심이 없다는 것을 알려 준다.
- 나의 실수가 오히려 다른 사람들에게 나를 더 도와주려는 마음을 갖게 한다.

 꿈을 키워준다

목표는 도달해야 할 곳을 목적으로 삼는 것을 말한다. 따라서 목표가 있다면 정확한 방향성을 가지고 목적이 있는 삶을 살 수 있지만, 목표가 없다면 갈 곳이 없기 때문에 무의미한 삶을 살게 된다.

목표를 세워서 도달하게 되면 사람은 자아성취감을 느끼게 되고 자존감이 높아지게 된다. 따라서 성취하고 싶은 일들의 목록을 작성하고 이 목표들을 하나하나 달성하면서 살아가면 자존감은 높아진다.

예를 들어서, 봉사를 하고, 새로운 취미를 배우거나, 새로운 친구들을 사귀거나, 새로운 책을 사서 독서를 하거나, 운동을 하거나, 영화를 보는 일 등이다. 비록 목표는 작지만 작은 목표라도 달성하게 되면, 전반적으로 자신에 대하여 더 긍정적인 기분을 느낄 수 있게 된다.

목표를 갖지 않고 세상을 살아가게 되면 우리의 삶은 막연히 남을 모방하는 삶을 살던지, 자기 주도적이지 못한 삶을 살게 된다. 따라서 목표가 없다면 삶이 무의미하다고 느끼게 된다. 그러나 목표를 가지면 우리의 인생은 목적이 있기 때문에 즐거울 수밖에 없다.

목표가 있으면 정확한 목표가 있기 때문에 목표를 달성하는 일이 고되고 힘들어도 즐겁다. 더욱이 목표에 도달하는 성공의 경험은 미래에 더 큰 목표를 세우게 되어 실현할 수 있게 된다.

아이는 부모와의 대화를 통해 세상사는 방법을 배운다. 아이는 부모와의 대화를 통해 자신의 목표를 결정하고 자신이 살아가야 할 미래를 개척한다.

부모는 아이에게 가장 가까운 사람이며, 선생이고, 교과서이며, 거울이고, 자연이며, 세상의 전부다. 그러므로 아이와의 대화는 아이의 꿈을 키우는데 매우 중요하다. 매우 중요하기 때문에 그것은 때로 매우 위험한 일이 될 수도 있다.

좋은 대화는 꿈이 큰 아이를 만들지만 나쁜 대화는 파괴적이고, 반항적이며, 자기 자신과 세상에 대해 신뢰와 사랑을 잃어버린 불우한 아이를 만든다.

아이들에게는 수많은 꿈이 있고 그 수많은 꿈들 중 부모와의 대화를 통해 한 가지 꿈을 선택하게 될 것이다. 또한 아이들은 부모와의 대화를 통해 미래를 어떻게 살아가야 할지 계획을 세우게 된다.

그러나 아이들은 선택의 과정에서 많은 갈등을 겪게 될 것이다. 이때 아이의 훌륭한 부모인 부모는 대화로서 아이에게 바른 꿈을 세우게 하거나, 꿈이 꺾이지 않도록 도움을 주어야 한다.

누구나 자신이 하고 싶은 일이 있다면 의욕이 생기고 잘하고 싶어서 노력을 하게 된다. 바로 그 것이 꿈이란 존재의 이유다. 그 뿐 아니라 꿈이 있으면 어떤 어려움이 닥쳐도 낙심하고 좌절하지 않고 앞을 향해 끊임없이 도전하는 힘을 갖게 된다.

실제로 역사 속에서 에디슨이나 처칠, 빌게이트 같은 위인이나 성공한 많은 사람들을 보면 그들은 스스로 성공한 것이 아니다. 그들의 성공은 어렸을 때부터 부모와의 대화를 통하여 정확한 목표를 세우고, 부모와의 오랫동안 노력하고 공들인 대가이다.

아기는 출생 후 배가 고프면 엄마 젖을 빨기 위해 운다. 이 때 엄마가 젖을 줌으로 인해서 세상을 살아가는 영양분을 제공하듯, 부모는 아이가 무엇을 배고파하는지, 무엇이 되고 싶은지를 알아서 그들이 꿈을 세울 수 있도록 도와주어야 하며, 그들이 지치지 않고 도전할 수 있도록 힘이 되어주어야 한다.

아이가 말을 그칠 때까지 들어 준다

자존감이 높아지기 위해서 자신이 생각하고 그 생각을 명료하게 정리하여 말하는 능력이 필요하다. 자신이 말하고자 하는 내용을 어물어물 하지 말고 정확하고 명료하게 말할 수 있어야 한다.

아이에게 이 능력을 길러주기 위해서는 아이가 할 말을 대신하여 말하지 않고 부모는 하루라도 빨리 아이에게 스스로 생각하고 결정하고 행동할 수 있도록 해주어야 한다.

대부분의 부모들을 보면 내 아이가 원하는 것을 말하려 할 때 말이 끝나기도 전에 주관적으로 판단해 버리는 경우가 많다. 그것이 아이에게 원하는 바를 빨리 전해 들었다고 생각하겠지만, 그것은 아이가 스스로 생각하고 정리하는 능력을 저하시키게 된다.

아이가 어리다고 생각이 없는 것이 아니다.

물론 아이들은 생각하고 그 것을 정리해서 말할 수 있는 능력이 성인의 비해 매우 부족하지만, 아이들만이 가지고 있는 나름대로의 생각을 무시하고 아이의 생각을 대신 말하는 행동을 하지 않는다. 그렇게 되면 아이들은 자신의 생각을 정리하여 말 할 수 있는 능력이 떨어지게 된다.

자신의 생각을 타인에게 자연스럽게 펼쳐 보이고 상대방의 이해와 공감을 끌어내는 말하기 능력은 자존감을 향상시킬 수 있다. 이러한 능력은 언어 습관이 생기기 시작하고 사고의 기틀이 마련되는 어린 시절부터 지속적으로 연습한다면 충분히 가능하다.

아이가 말을 끝나기도 전에 부모가 대신 말을 해주거나, 말을 중간에서 끝나게 할 경우가 반복될수록 아이는 다른 상황에서도 자신이 직접 생각한 것을 말하지 않아도 부모가 옆에서 대신 해준다는 생각에 자신의 생각을 정리하는 노력을 애초부터 하지 않게 된다. 그리고 자신의 생각이 부모에게는 쓸모없는 것이 될 것이라는 생각에 자존감이 떨어지게 된다.

부모가 아이에게 말을 걸거나 또는 아이가 먼저 말을 걸어올 땐 아이가 생각하고 있는 것을 스스로 정리하여 끝까지 말 할 수 있도록 가만히 지켜봐주어야 한다. 그러면 아이들은 자신의 말을 경청해주는 부모로 인해 자존감을 높이게 된다.

아이가 말을 조리 있게 못하거나 잘 이해 할 수 없는 내용이라도 아이가 말을 할 때는 마치 어른과 이야기하듯이 열심히 경청해주고 "그래?", "그렇구나!" 하는 식의 맞장구가 아이의 자존감을 향상시켜준다.

부모의 이런 활동이 반복될수록 아이는 자신의 생각을 정리하는 능력이 늘어나며 동시에 스스로 조리 있는 말 습관을 기르는데 많은 도움이 될 것이다. 자존감이 높은 아이로 키우기 위해서 부모는 일찍부터 가능한 한 많은 부분을 아이 스스로, 끝까지 자신의 주장을 이야기하고 경청해주면서, 아이의 생각이 옳다는 생각이 들도록 허용하는 태도를 보여야 한다.

논리적인 사고를 하게 한다

아이의 자존감을 높이기 위해서는 논리적으로 사고하게 한다. 감정에 치우치게 되면 남들과 비교를 하거나, 인간관계에서 오는 사소한 일로 인해 자존감이 떨어지는 경우가 생긴다.

아이들에게 논리적인 사고의 기틀을 마련하기 위해서는 어린 시절부터 연습하고, 실천해야 한다. 어떤 사안에 대하여 부모는 아이와 말 할 때에는 아이가 개인감정에 앞세우지 말고, 원인을 분석하고 결과를 예측해서 말하는 습관을 기르도록 지도한다.

아이들에게 논리적인 사고를 키울 수 있는 방법 중에서 가장 쉽게 할 수 있는 것이 독서다. 부모들은 아이들에게 그림책이나 동화책을 아이에게 읽어주며 아이에게 느낀 점을 이야기 해보도록 유도하면서 아이의 의견을 말하게 한다.
이때 독서한 내용에 대하여 원인과 결과를 말해보도록 한다. 아이의 의견이 늦더라도 부모는 책 내용을 대신 설명하려하지 말고 인내력을 가지고 아이의 생각에 귀를 기울여 주며 공감해주는 것을 잊지 않는다면 아이는 논리적인 사고를 하게 된다.

실생활에서 쉽게 접할 수 있는 것들을 이용하여 아이와의 논리적인 사고를 유도할 수 있다. TV를 볼 때 등장하는 인물들을 보며 "저 사람은 어떤 역할이니?" 또는 "사람들이 왜 싫어하니?", "저 사람은 나중에 어떻게 될 것 같니?", "저건 원인이 뭐라고 생각해?" 등의 질문을 통해 아이가 이미 알고 있는 상황이나 인물에 대해 말하게 한다.
아이가 자신의 생각과 의견을 말하는 연습을 통해 습관이 되면 논리적으로 말하는데 도움이 된다.

가족회의를 일상화함으로써 아이 자신의 논리를 사용하여 아이를 설득하는 기술을 배우게 된다. 또 자신만 옳다고 우기거나 맹목적으로 남의 의견을 따라가는 일도 없게 된다. 단, 주제가 있는 토론을 해야 한다.

성적이나 친구, 개인 신상에 대해서만 이야기 하면 아이는 금세 싫증을 내고 대화하기를 싫어하게 된다. 좀 더 효과적인 방법으로는 폭넓은 주제로 토론하는 것이 좋다.

객관적으로 말하게 한다

아이들은 발달단계에 따라 어릴수록 말을 어눌하게 하거나 부정확하게 한다. 모든 사고의 출발을 주관적인 데서부터 시작하기 때문이다.

주관적으로 자신을 보면 기분이 나쁠 때는 자신이 부족한 사람이 생각하기 쉽고, 기분이 좋을 때는 자신이 괜찮은 사람이라고 생각하기 쉽다. 개관적으로 자신을 보게 되면 주변의 상황이 어떤 경우라도 자신을 좋게 보게 된다. 따라서 자신을 객관적으로 보는 습관을 갖는 것이 좋다.

어떤 말이든 듣는 사람 모두가 "아, 그렇구나!"라고 고개를 끄덕일 수 있어야지 객관적인 것이라 할 수 있다. 그러나 아이들은 자기 입장에서 말하기 때문에 "엄마 나 많이 아파", "친구는 굉장히 잘 살아", "다들 핸드폰 샀어" 등 애매한 표현을 많이 쓴다. 그러나 이러한 애매한 표현은 부정확하고 주관적이라는 것을 알려주어서 객관적으로 말하는 연습을 하도록 해야 한다.

〈객관적으로 말하는 대화〉

- 아들 : "엄마 우리 반 애들 전부 휴대폰을 가지고 있으니 나도 사줘!"
- 엄마 : "말을 할 때는 그렇게 전부나, 다들, 굉장히 이런 말보다는 정확하게 말해야 남들도 다 이해하고 설득한단다. 예를 들면 우리 반이 30명인데 그중에서 15명이 가지고 있어 라고 말해야 하는 거야"

4장

아이의 마음을 여는 대화법

대화의 시작은 마음을 열어야 한다

    인류사의 가장 중요하고 곤혹스러운 숙제인 '아이를 어떻게 올바른 인성을 가진 존재로 키울 것인가?'라는 질문을 '아이와 어떻게 효과적으로 대화할 것인가?'라는 문제로 환원시켜 명쾌하게 풀어내면 정답이 보인다. 아이를 훌륭하게 키운다는 것은 아이와 좋은 대화를 나눈다는 것과 같은 말이다.

    왜냐하면 우리는 아이를 가르치거나, 벌을 주거나, 윽박질러서 우리가 원하는 대로 결코 키울 수 없기 때문이다. 아이는 우리가 가르친 대로 성장하지 않는다. 아이는 온전히 자신이 느낀 대로 자란다. 그러므로 어른들이 할 수 있는 유일한 가르침은 아이들과 올바른 대화를 나누는 것뿐이다.

    현대사회에서는 핵가족화로 인하여 부모가 아이에게 미치는 영향이 점점 더 커지고 있으며, 특히 아이양육에 대한 부담감을 많이 느끼고 있다. 그러나 모든 인간관계와 마찬가지로 부모와 아이관계 역시 서로 영향을 주고받는 상호적인 관계이다.

    모든 인간관계가 서로에 대한 이해와 배려에서 출발하지만 부모와 아이관계는 서로에 대한 친숙함과 가족이라는 울타리 때문에 오히려 아이에 대한 배려를 경시하는 경우가 많이 있다.

    부모의 입장에서는 책임과 의무를 다한다고 무엇보다 최선을 다하고 있는데 비하여 아이에게 부모는 가장 대화하기 어려운 대상이 될 수도 있다. 이렇게 닫혀버린 문은 아이가 성장할수록 습관적으로 더 굳어져 다시 열리기가 어렵게 되는 경우가 많이 있다.

    부모와 아이가 온화하고 다정하며 서로 기분 좋은 관계를 유지하고 싶어 하고, 분위기 좋은 가정환경을 만들어 가족 한 사람 한 사람의 욕구가 충족되고 개인적인 성장을 도울 수 있다면 그것은 최선일 것이다.

    부모가 아이에게 하는 말은 곧 아이의 자신감과 독립심을 키울 수도 있고, 반대로 열등감과 의존심을 키울 수도 있다는 점을 명심해야 한다.

 적극적으로 들어 준다

아이의 자존감을 높이는 대화기술의 첫 번째 요소는 무엇보다 잘 들어 주는 것이다. 누군가의 이야기를 잘 들어준다는 것은 있는 그대로 받아들인다는 수용의 상태를 표현해주는 것이다.

아이가 자신의 말을 부모가 진심으로 받아들이고 있다고 느낄 때, 심리적으로 안정감을 느끼게 되고 성장하고 노력하고자 하는 의욕을 갖게 된다.

대부분의 부모들은 아이를 양육함에 있어서 잘못된 것을 지적하고 올바른 방법을 이야기해주는 것이 최선의 방법이라고 생각할 수 있다.

그래서 들으려고 하기 보다는 잘못을 지적하고 해결방법을 알려주는 것에 관심이 많다. 그러나 이보다 더 중요한 것은 적극적으로 들어주는 것이다.

적극적인 경청은 아이가 말하는 동안 눈을 마주치고 진지하게 들으며 대화에 반응하는 것을 말한다. 예를 들어 대화에 반응하는 태도로 "아, 그랬니", "참 안됐구나"등이 있다. 반영적 경청은 아이가 부모로부터 이해받고 있다는 느낌을 가질 수 있도록 하는 것이다.

예를 들어, 아이가 친구와 다툰 후 다시는 그 친구와 놀지 않겠다고 할 때, "네가 어떻게 했기에 그러니? 그런 소리하면 안 돼!"라는 반응 대신에 "저런, 매우 속상했겠구나!"라는 표현으로 아이의 마음을 어루만져주는 표현을 하는 것이 반영적 경청에서 나오는 반응이다.

모든 사람은 말을 할 때 아이가 귀 기울여 들어주기를 바란다. 아이 역시 마찬가지이다. 아이가 하는 말이 쓸데없고 불필요하다고 생각되어지더라도 열심히 들어주도록 해야 한다. 적극적으로 들어 주는 방법은 다음과 같다.

1) 부드럽고 부담 없는 시선으로 대화한다.

아이가 하는 말에 대해 집중하고 있다는 표현을 하기 위해서 부모는 부드럽고 부담 없는 시선으로 아이를 응시하면서 상체를 아이 쪽으로 약간 기울인다. 그리고 인정한다는 의미로 고개를 끄덕인다. 시선을 외면하거나 뒤로 젖혀진 자세는 아이에게 거부감과 무시당하고 있다는 기분을 줄 수 있다.

2) 의문점이 있으면 바로 질문한다.

부모는 자식을 다 안다고 생각하여 지레 짐작으로 판단하고 말하는 경우가 많다. 그러나 지레짐작을 하게 되면 아이들은 더욱 위축되어 마음을 열지 않게 되므로 미리 판단하지 말고 확실하게 파악하려고 노력한다는 모습을 보인다. 그래야 자기 말에 관심을 가지고 있다는 것을 아이가 알고, 공감수준도 넓어진다.

3) 선입관과 편견에서 벗어난다.

부모는 자식을 잘 안다고 생각해서 아이의 과거 또는 현재의 생활 모습을 가지고 말을 하려고 한다. 그러면 자신이 성장하는 것을 인정해주지 않기 때문에 아이들은 숨이 막혀 한다. 아이의 마음의 문을 열기 위해서는 지금까지 가진 선입관을 가지지 말고 지금 현재의 아이를 보려고 노력해야 한다. 아이의 결점, 문제점 보다는 감춰진 장점, 잠재력을 찾으며 듣는다.

4) 아이가 얻고자 하는 것이 무엇인지 파악한다.

부모는 자신이 왜 아이와 대화를 하고 있는지 늘 염두에 두고 감정에 휩싸이는 일이 없도록 해야 한다. 그리고 일단 감정에 휩싸이지 말고 냉정히 생각하도록 한다. 또한 대화가 옆으로 새게 될 경우 그 원인을 파악해야 한다.

부모는 아이와의 대화에서 아이에게 이기려고 하지 말고, 아이에게 보복하려고 하지 말아야 하며 대화를 회피하고 도중에 도망치려고 해서도 안 된다.

아이의 이야기를 비판 없이 잘 듣는 그 자체가 아이의 마음을 열게 하여 자신의 느낌이나 문제를 털어놓게 하는 힘을 가지고 있다.

예를 들어 심리치료나 상담과정에서 이들은 상담자의 이야기를 듣는 과정을 중시하며 그들 자신의 판단을 전적으로 배제한다. 이것은 무엇을 의미하는 것일까? 말하자면 무조건적인 수용이 우선적으로 자신의 마음을 열게 하는 기초가 된다는 것이다.

자신이 하고자 하는 말을 하고 나면 마음이 편안해지고 이야기를 하면서 스스로 문제를 해결해갈 수 있는 자신감도 가지게 할 수 있다.

〈아이의 마음을 읽어주는 바람직한 10 가지 대화법〉

- 서로 헤어져 있다가 만날 때 미소로 맞는다.

- 피곤해 있거나 감정적으로 흥분해 있을 때 심각한 주제의 이야기는 피한다.

- 진정으로 하고 싶은 말을 할 때까지 인내하는 마음으로 기다린다.

- 말과 표정이나 몸짓으로 전달하는 메시지가 서로 일치하도록 노력하고 이야기한다.
중간 중간에 "알아", "이해해", "그래"와 같은 말로 동의를 표현해 준다.

- 아이가 좋은 일을 했을 때 칭찬해 주고 부모의 기쁜 마음을 말로 표현하라.

– 아이의 말을 잘 이해하지 못했거나, 의도를 깨닫지 못했을 땐, 다시 한번 말해주길 요청한다.

– 말을 끊지 않고 끝까지 들어준다.
대화 내용이 하찮은 것 일지라도 귀하게 여겨주는 것이 건강한 대화의 기본이다.

– 부정적인 말을 하려는 충동을 억누른다.
"그건 옳지 않아", "어떻게 그런 생각을 하지" 등의 대화는 금물이다.

– '왜?'로 시작하는 문장을 사용하지 않는다.
"왜 늦었니?", "왜 그것밖에 못하지?" 등의 질문은 "~ 때문에", "글쎄 모르겠어요"라는 결실 없는 대화를 유도하게 된다. 그러나 『왜』 대신에 『무슨』이라는 의문사로 대체해 질문하면 훨씬 부드럽고 효과적인 대화를 할 수 있다. "무슨 일이 있었던 모양이구나"

– 감사를 전하는 작은 메모를 식탁 위나 침실 거울에 붙여두는 창의적인 대화를 연구한다.
고개를 끄덕이거나, 어깨를 두드려 주는 방법으로 아이를 칭찬한다.

좋은 대화 상대가 되어 준다

아이와 이야기를 할 때는 하던 일이나 생각을 잠시 멈추고 아이에게 집중해야 한다. 아이의 이야기를 중간에 자르지 않고 끝까지 들어주어야 하며 눈을 마주치는 것이 좋다. 그리고 아이의 말뿐만 아니라 행동에도 관심을 기울여야 한다.

얼굴이 시무룩하다거나 엄마의 시선을 피하면서 몸을 산만하게 움직이는 것과 같은 행동이 말보다 더 정확하게 마음을 표현하는 경우가 많다.

부모가 훌륭한 대화 상대가 되려면 아이의 마음을 짐작할 수 있어야 한다. 좋은 말은 더 기분 좋게, 부담스러운 내용이라도 실망이나 다툼보다는 상호 이해에 이를 수 있도록 부드럽게 처리하는 요령이 필요하다.

성의 있고 진실한 자세, 아이에 대한 세심한 관찰, 긍정과 공감에 초점을 둔 대화 기법이 안정감 있는 인간관계를 보장한다. 아이에게 좋은 대화 아이가 되어 주는 방법은 다음과 같다.

1) 아이의 말에 격려해 준다.

부모의 격려는 아이에게 '나는 할 수 있다.' 라는 생각을 가지게 한다. 혼자 할 수 있는 일도 부모가 해주거나 최선을 다한 일에 대하여 비난을 받게 되면 자신감을 잃어버리게 되고 공격적인 성향을 가지게 된다.

우리는 흔히 "너는 착한 아이다", "너는 참 예쁘게 생겼구나" 등 외모나 성격에 대하여 칭찬하는 경우가 많이 있다. 그러나 이러한 칭찬은 오히려 부담을 느끼거나 허영심을 가지게 할 뿐 바람직한 태도를 길러주는데 도움이 되지 않는다. 따라서 아이가 무엇을 하려고 노력하고 있으며 그 과정에서 얼마나 최선을 다하고 있는지를 격려해주는 것이 중요하다.

예를 들어 아이가 자기 방을 깨끗이 정리했을 때 얼마나 힘들여서 했는지 그리고 얼마나 보기 좋아졌는지는 이야기해 줄 수 있지만 "너는 정말 부지런하고 착한 아이다" 라고 말하는 것은 바람직하지 않다는 것이다.

즉, 직선적인 칭찬은 태양의 직사광선같이 부담스러울 수 있다는 것이다. 이에 비해 격려는 자신이 노력하고 애를 쓴 과정을 지지하기 때문에 자신의 가능성을 신뢰할 수 있게 된다.

2) 칭찬을 아끼지 않는다.

사람은 자신을 칭찬하는 사람을 좋아하게 된다. 그러므로 아이를 칭찬하는 것은 곧 나를 칭찬하는 일과 같다.

누구라도 한두 가지 장점은 있게 마련이다. 그것을 발견해 진심어린 말로 용기를 북돋워 준다. 그렇다고 거짓 찬사를 늘어놓는 것은 사이를 더 뒤틀리게 할 뿐이다. 아첨인지 칭찬인지는 듣는 사람이 더 빨리 파악한다.

심리학자 아른손의 연구에 의하면 사람들은 비난을 듣다 나중에 칭찬을 받게 됐을 때 계속 칭찬을 들어온 것보다 더 큰 호감을 느낀다고 한다.

3) 대화의 룰을 지킨다.

좋은 대화에는 일정한 규칙이 있다. 아이의 말을 가로막지 않으며, 혼자서 대화를 독점하는 것은 좋지 않다. 부모가 자신의 의견을 제시할 때는 반론의 기회를 준다. 또한 부모 임의로 화제를 바꾸지 않도록 한다.

4) 완전한 문장을 말한다.

축약된 말은 아이의 의사소통의 정확성에 혼선을 가져온다. 그러므로 부모는 바른 말로 이루어진 완전한 문장으로 대화를 이끌도록 한다.

〈잘못된 대화〉

– 아이 : "엄마 공부는 왜 해야 돼?"
– 엄마 : "무슨 뚱딴지 같은 소리야. 성공하려면 공부 하는 게 당연하지"

– 아이 : "정말 하기 싫어 죽겠단 말이야"
– 엄마 : "시작한지 10분도 안 됐는데 공부를 얼마나 했다고 벌써 이 난리야"

– 아리 : "숙제가 얼마나 많은데. 이걸 언제 다해!"
– 엄마 : "그러니까 얼른 들어가서 해라. 투덜대는 시간에 공부 다 했겠다"

– 아이 : "공부 없는 세상에서 살고 싶어라"

〈지혜로운 대화〉

– 아이 : "엄마 공부는 왜 해야 돼?"
– 엄마 : "우리00, 공부를 왜 해야 하는지 궁금한 모양이네"

– 아이 : "응, 재미없고 지루해 죽겠는데 이걸 누가 만들었는지 몰라"
– 엄마 : "공부가 지루해서 하기 싫었구나"

– 아이 : "정말 하기 싫어. 이렇게 숙제가 많은 날은 미쳐 버리겠어"
– 엄마 : "숙제하느라 힘이 많이 드는 모양이구나"

– 아이 : "응, 정말 힘들어"
– 엄마 : "어이쿠, 우리00, 힘들어서 어쩌나? 엄마가 좀 도와줄까?"

– 아이 : "아니야, 할 게 많아서 그렇지 제가 할 수 있어요"
– 엄마 : "그래 우리 00, 혼자서 공부하려는 모습 보니까 엄마 마음이 부듯하다"

아이 입장을 이해한다

아이들의 행동을 어른들의 입장에서 생각하고 받아들이지 말고 우선 아이의 입장에서 생각해 보도록 한다. 아이와 부모간의 대화에서 부모는 항상 훈계하려 하고 아이는 변명하려는 입장을 가지고 있다.

따라서 아이가 부모와 처지가 다르기 때문에 부모의 입장에서 생각이 틀리더라도 아이의 입장에서 그럴 수밖에 없는 이유를 찾으면 대화가 부드럽게 진행될 수 있다.

아주 가까운 사람들끼리는 굳이 속마음을 이야기하지 않아도 서로 통할 것이라는 착각이 오해를 낳는다. 아이는 표현하지 않는 부모의 마음을 헤아리기 힘들다. "그래 알았어"하고 두리 뭉실하게 대꾸하기보다는 "공부가 재미없고 지루해서 하기 싫구나", "영어 숙제 하느라 힘이 많이 드는 모양이네"처럼 구체적으로 아이의 마음을 읽어주는 것이 좋다.

마음을 표현하고 공감 받은 아이는 '힘들어도 공부는 해야 한다'는 이미 알고 있던 사실을 되새김질 할 수 있게 된다.

아이의 입장에서 대화하는 방법을 보면 다음과 같은 대화는 하지 말아야 한다.

1) 훈계하거나 설명하는 말투

아무리 어린 아이라도 자신의 결점을 들추어내며 고치라고 명령한다면 그러한 명령을 기쁘게 받아 들여 실천할 수 있는 아이는 있을까를 한 번 생각해 보자. 이런 경우는 성인들이라도 심적으로 "웬 참견이람?"하고 생각할 것이다.

그 훈계나 설교가 옳다고 생각되어도 남의 충고를 듣는다는 것, 더구나 명령조의 충고를 듣는다는 것이 그렇게 즐겁지는 않을 것이다. 이와 같이 훈계하거나 설명하는 말투는 오히려 아이에게 좋지 못한 영향을 끼치게 된다.

2) 강요하고 지시하고 명령하는 말투

강요하고 지시하고 명령하는 말투를 지속적으로 하게 되면 아이는 자신의 무능력을 깨닫게 되고, 행동을 수정하기 보다는 반항적이 되기 쉽다.

〈강요하고 지시하고 명령하는 말투〉

- "방 좀 치워라"
- "오늘 오후까지 반드시 이걸 다 해야 해"
- "심부름 좀 갔다 와라"
- "밥 먹을 때는 떠들지 마라"

3) 경고 위협하는 말투

경고 위협하는 말투는 명령적 말투가 효과를 얻지 못했을 때 보다 강력하게 의사를 표현하는 방식이다. 이런 말투는 부모에 대한 저항감, 적개심을 갖게 하고 친밀감을 상실케 한다.

예를 들면 "내 말대로 하는 게 좋을 걸. 만약 그렇지 않으면, 너에게 별로 좋지 않을 거야"와 같은 말이다.

4) 당부, 설교하고 도덕적 행동을 요구하는 말투

당부, 설교하고 도덕적 행동을 요구하는 말투는 부모가 항상 하는 소리라고 생각하여 한귀로 듣고 한쪽 귀로 흘리게 된다.

예를 들면 "너도 이제 다 컸으니, 자기가 해야 할 일은 스스로 해야지", "사람은 항상 바르게 살아야 해"와 같은 말이다.

5) 충고하거나 이론적으로 설득하는 말투

충고하거나 이론적으로 설득하는 말투를 들은 아이는 자신의 무능력을 깨닫게 되어 자신감을 상실할 수 있다.

예를 들면 "그런 일은 부모와 의논해야 되는 거야", "그렇게 하면 나중에 거지되는 거 알어?"와 같은 말이다.

6) 평가· 비판· 우롱하는 말투

평가· 비판· 우롱하는 말투를 들은 아이는 반항하거나 자존심이 상하기 쉽고, 심하면 자기 비하적이며 자기 조소적으로 들려 자신감을 상실할 수 있다.

예를 들면 "너 철들려면 아직도 멀었구나?", "너는 그렇게 해가지고는 밥 먹기도 힘들다"와 같은 말이다.

7) 탐색 질문 및 심리분석의 말투

탐색 질문 및 심리분석의 말투는 부모의 해석과 심리분석이 옳은 경우, 아이는 당황하게 되고 수치감을 갖게 되며, 옳지 않은 경우는, 부모와 대화하고 싶은 의욕을 상실하게 만든다.

〈탐색 질문 및 심리분석의 말투〉

- "너 나에게 숨기는 것 있지?"
- "바른대로 말해 너 OO했지?"
- "사실대로 말해. 시험 못 보았지?"

8) 둘러대거나 관심을 전환시키는 말투

둘러대거나 관심을 전환시키는 말투는 부모가 곤란한 상태를 모면하려고 거짓말을 하거나, 거짓 약속을 하면서 둘러대어 하는 말이다. 이런 말투는 아이에게 불신감을 갖게 하기 쉽다.

예를 들면 "그럴 일이 좀 있어", "넌 아직 알 필요가 없어"와 같은 말이다.

9) 비교하는 말투

비교하기는 아이와 다른 사람들과 비교함으로 인해, 아이로 하여금 수치심, 부끄러움, 시기심 등을 불러일으키게 하는 말투다.

예를 들면 "내 친구들은 저렇게 잘하는데, 너는 그 사람들 반만이라도 나에게 해봐라", "OO은 공부도 잘하는데, 넌 왜 그 모양이니?"와 같은 말이다.

이처럼 훈계하거나 설명하려는 말투는 아이들에게 비교육적이 되며 오히려 역효과가 나기 쉽다. 따라서 아이들의 입장에서 대화를 진행하려면 먼저 아이를 하나의 인격체로 대우해 준다. 아이라고 해서 사람이 아닌 것은 아니기 때문이다. 아이 역시 하나의 인격체이니 무작정 무시하는 태도를 취해서는 안 된다.

또한 아이들의 세계를 인정해 준다. 어른들에게는 어른들의 세계만이 존재하듯이 아이들에게는 아이들만의 세계가 존재한다. 그러므로 아이들의 세계를 인정해 주고 같이 공감해 주도록 한다.

마지막으로 아이에게 사랑스러운 스킨십을 해 준다. 아이와의 사랑스러운 스킨십을 통해서 아이들에게 부모가 아이를 진심으로 사랑하고 있다는 신뢰감을 주도록 한다. 어릴 때 스킨십을 많이 해주는 아이일수록 따뜻한 마음을 갖는 성인으로 성장할 경우가 높아지기 때문이다.

아이와 즐거운 시간을 갖는다

　부모와 아이의 대화는 우선 함께 이야기할 수 있는 즐거운 분위기에서 가능하다. 함께 있어도 기분이 좋아야 대화가 이루어지기 때문이다. 가족이 함께 있으면 참 좋다는 느낌을 가지게 한다면 그것은 최고의 즐거운 분위기가 된다.

　그러나 즐거운 시간을 함께 보내는데 있어서 중요한 것은 시간적인 양이 아니라 질이다. 이렇듯 즐거운 시간을 가지려면 계획이 필요하다. 그러므로 매일 부모도 즐기고 아이도 즐길 수 있는 일을 잠깐 동안이라도 함께 하면서 즐거운 시간을 보내도록 해야 한다.

　가족 전체가 즐거운 분위기를 가질 수 있는 것이 바로 가족 여행이다. 여행은 건물이 빽빽하게 들어서 있는 도시에서 살고 있는 아이들에게 자연과 접촉할 수 있는 특별한 기회를 줄 수 있다.

　즉 대중매체와 인터넷 게임에 중독되어 있는 아이들에게 자연과 친해질 수 있는 기회를 제공해 주어 컴퓨터에서 멀어질 수 있도록 도와준다.

　그러나 어느 한쪽이라도 강제로 가족 여행에 같이 가기를 요구한다면 흥미는 사라지게 된다는 점을 명심해야 한다. 부모는 아이들과 함께 어디를 가고 싶어 하지만 아이들은 전혀 부모의 기대에 충족을 시켜주지 않는 것은 아이들에게 흥미가 없기 때문이다. 따라서 아이들과 어디를 가고 싶다면 아이들의 자발적인 참여를 유도하지 않고 강제로 데려간다면 오히려 분위기는 즐거운 분위기 보다는 내내 짜증을 낼 것이다.

　만일 가족 모두 함께 하는 시간을 마련하기라 어렵다면 어머니와 아버지가 교대로 각기 아이와 즐거운 시간을 보낼 수 있도록 계획할 수 있다. 또한 잠자리에 들기 바로 전과 같은 시간은 함께 지낼 수 있는 좋은 시간이 된다.

　중요한 것은 부모와 아이가 함께 즐거운 시간을 가지려고 계획하고 노력해야 한다는 점을 아이들이 알아주게 된다.

그러나 환경만 즐거운 분위기가 되어서는 부족하고 부모들이 아이들에게 따뜻한 부모가 되는 것도 아이의 마음을 여는 중요한 요인이 된다. 가난한 아이들과 평생 살다간 돈 보스꼬 신부는 "젊은이들을 사랑하는 것만으로는 부족합니다. 그들이 사랑받고 있다는 것을 느끼게 해야 합니다"라고 하였다. 이처럼 사람은 누군가에게 사랑받고 싶어 하고 또 이해받고 싶어 한다.

특히 아이는 부모로부터 소중하게 대우를 받고 사랑을 받고 싶어 한다. 따라서 아이는 부모의 따뜻한 사랑을 느낄 때 삶에 대한 의욕이 생기고 삶의 기쁨도 누리게 된다.

아이와 함께 한다

   갓난아기 때에는 모든 것을 부모에게 의존하였다. 그러나 아이들이 점차 커지면서 부모의 일부가 아닌 독립된 삶과 개성을 가진 존재로 인정받기를 원한다. 따라서 품안에 있던 자식 생각만으로 아이들을 귀속하려고 하면 아이들은 반말하게 된다.

   아이들의 마음을 열려면 부모는 아이를 객관적으로 바라보아야 좋은 조언자가 될 수 있다. 부모는 아이와 '함께' 있어야 하지만 아이와 '하나'가 되어서는 안 된다. 즉 아이의 문제는 아이가 해결하도록 지켜봐주어야 하고 부모가 주도해 고민을 풀려고 해서는 안 된다.

   아이들이 문제에 봉착해서 더 이상 해결할 기미가 보이지 않는다면 그때는 부모들에게 도움을 청하지 않더라도 나서야 한다. 따라서 부모는 아이에게 당장은 보이지 않지만 항상 든든한 후원자라는 믿음감을 주면 아이들은 부모에게 마음의 문을 열게 된다.
   그러나 일반적으로 유아기 때까지는 육아나 교육에 대해 신경 쓰다가 점점 사회생활에 바빠지다 보니 아이들과 많은 대화를 못하게 되고 결국에는 거리감이 생기게 되는 경우가 많다. 부모가 어느 정도 여유가 생기면 아이들을 돌아보게 되는데 그때는 너무 거리가 멀어져 있는 경우가 많다.

   아이의 마음 여는 것은 어릴수록 좋으나 나이가 먹었다고 해서 열지 못하는 것은 아니다. 단지 아이의 나이가 많이 먹을수록 아이의 마음을 열기 위해서는 시간과 노력을 더욱 많이 들여야 한다는 것이다.

〈아빠와 딸이 대화를 나누는 경우〉

어느 집안에서 아빠가 직장을 그만 두고 새로운 사업을 시작하면서 중학교 다니는 딸과 대화를 해보려고 했지만 너무 오랫동안 대화를 하지 않았기에 딸은 쉽게 마음의 문을 열지 않았다.

1. 딸이 듣던 말던지 오픈한 사업이나 어려웠던 사회생활에 대해서 이야기도 해주며 노력을 기울인다. 아빠가 인간적이고 가깝게 느껴지기 시작할 것이다.
   - "요즈음 아빠 회사가 힘들어서 이렇게 담배만 피게 되는 구나"
   - "바쁘다고 늦게 들어오는 일도 많고 가족과 함께 시간 못 보내서 항상 미안하다"

2. 다음으로 아빠는 딸의 입장을 이해하기 위해서 부담을 주지 않는 대화를 시작한다.
   - "공부는 잘하냐?" "나쁜 친구는 사귀지 않지?" (×)
   - "요즈음 힘들지?", "많이 이뻐졌구나?" (O)

딸은 부담을 갖지 않고 자신에 대해서 관심을 가져주는 아빠를 위해서 자신의 생활을 이야기하기 시작하였다. 아빠는 퇴근하면서 딸을 위해 피자나 사가지고 오거나, 머리핀 같이 작은 선물들을 하나씩 사가지고 돌아왔다. 그랬더니 딸은 아빠가 오기를 기다리면서 아빠가 돌아오면 반갑게 맞아주고, 아빠가 대화를 시작하면 아빠의 눈을 마주치고, 고개를 끄덕이며 질문하기 까지 하였다.

이처럼 아빠가 딸을 지극하게 사랑하고 있다는 느낌을 받도록 노력한 결과 딸은 마음의 문을 열고 아빠를 좋아하게 되었다.

있는 그대로 받아들인다

아이들은 부모에게는 고민을 이야기 하지 않으면서 선생님이나 친구 또는 상담가에게는 고민을 털어놓는다.

이유가 무엇일까? 부모는 아이들을 어린애로 취급하여 아이의 인격을 무시하는 경우가 종종있기 때문에 부모와는 고민을 나누려고 하지 않는다. 부모에게 무얼 물어 보려고 해도 "네 까짓게 뭘 알아", "그런 것을 뭐하려 알려고 해"라는 말을 몇 번 듣게 되면 결국 아이와 부모 간에는 대화가 단절될 수밖에 없기 때문이다.

선생님이나 친구 또는 상담가에게는 고민을 털어놓는 이유는 선생님이나 친구는 자신의 문제를 진심으로 이해해준다고 생각하고 있기 때문이다. 또한 상담가는 전문가이기 때문에 자신을 충분히 이해해 준다고 느끼기 때문이다.

이처럼 아이들은 자기 자신이 다른 사람에게 진심으로 받아들여진다고 생각되면 매사에 더 잘하려 노력하게 된다.

부모도 아이들을 있는 그대로 받아들여 하나의 인격체로 인정하면서 진심으로 걱정하고 있는 느낌을 전달하면 아이들은 마음의 문을 열게 될 것이다.

예를 들면 아이가 다쳐서 울음을 터뜨릴 때 "뚝 그쳐! 울면 바보야"라고 어린아이처럼 달랬을 때보다는 "많이 아프겠다"라며 아이를 하나의 인격체로 대하면서 아이의 아픔을 내 아픔처럼 알아주었을 때 더 빨리 울음을 그치게 된다고 한다. 부모와 아이 간의 대화에서 아이를 있는 대로 인정하는 것이 얼마나 중요한 가를 알려주는 사례가 있다.

〈잘못된 대화〉

아이 : 엄마에게 전화해서 울고 있었다.

엄마 : "왜 우니?"

아이 : "넘어졌어요. 아파서 전화했어요"

엄마 : "왜 그런 거 가지고 바쁜 엄마한테 전화 했니? 양호실에 가봐"

아이 : "양호실 가는 거 누가 몰라요. 알았다니까?"

〈지혜로운 대화〉

아이 : 엄마에게 전화해서 울고 있었다.

엄마 : "왜 우니?"

아이 : "넘어졌어요. 아파서 전화했어요"

엄마 : "많이 아프겠구나. 엄마가 많이 걱정되는데 지금은 가기 어렵고 학교 끝
나고 집에 오면 같이 병원에 가보자"

아이 : "괜찮아요. 그냥 긁힌 것뿐인데요. 걱정하지 마세요"

　이처럼 아이의 입장을 이해하는 대화를 하게 되면 의외로 해결방법은 아이 스스로
찾을 수 있는 것이 많다. 따라서 부모는 아이의 말에 대해 같이 고민하고 동정하는 자
세를 가지고 인내를 한다면 아이의 마음을 열 수 있다.

　만약 직장의 위기가 닥친 아버지에게 아이가 말을 걸어 "아빠! 요즘 무슨 일이 있으
세요?"라고 물으면 "너는 몰라도 돼"라고 말하는 것보다는 아이가 필요한 만큼은 알려
주어 동참하게 말해주는 것이 더 좋을 것이다. 이처럼 아이를 하나의 인격체로 존중해
면서 아이가 말하는 것을 귀담아 들으며 아이는 마음의 문을 열고 진지하게 대화에 응
하게 될 것이다.

생각하도록 질문한다

무모가 질문을 잘하면 아이가 답변하기가 쉽지만 질문을 잘못하면 아이는 오히려 답을 하기가 어렵다. 따라서 질문을 하기는 쉽지만 좋은 질문을 하는 데는 고려할 부분들이 있다.

좋은 질문이 되기 위한 조건들을 따져보면 다음과 같다.

1) 질문은 명확하고 간결하게 해야 한다.

질문이 명확하고 간결해야 아이는 무모의 질문이 무엇을 묻는 것인지를 아이가 쉽게 이해하여 대답할 수 있다. 또한 질문이 무모가 원하는 응답의 방향과 내용으로 유도할 수 있다.

그러나 질문이 명확하지 못하고 간결하지 못하면 아이는 무모의 질문 의도를 알지 못해 적절한 답변을 찾느라 고생하게 된다. 따라서 설명적인 장황한 질문이나 이중, 삼중의 중복적인 내용의 질문은 피해야 한다.

2) 여러 가지를 물을 때는 질문을 계열화한다.

한꺼번에 여러 가지 질문을 동시에 해야 할 때는 생각나는 대로 임의의 순서로 묻기보다 가장 먼저 질문해야 할 것 부터 차례차례 물어 결론 부분에서 하는 질문 순으로 계열화하는 것이 바람직하다.

3) 개인차를 고려하는 질문을 한다.

질문은 아이의 개인차에 따라 난이도를 고려함으로서 지적능력이 높은 사람에게는 어려운 질문으로 자극을 주어 학습의욕을 일으켜 주고 학습 부진아에게는 쉬운 질문으로 성취감을 경험하도록 하여 자신감을 갖고 참여하도록 하는 것이 바람직하다.

4) 생각할 시간을 충분히 준다.

무모는 질문을 하고 일정한 기간을 기다려 주어야 한다. 아이는 시간을 두고 사고활동의 과정을 통해서 응답이 가능하기 때문이다. 질문에 대해 기다려주어야 하는 적당한 시간으로는 적어도 5~15초 정도는 적당하다. 그러나 아이가 계속하여 대답이 없는 경우에도 대신 대답해 버리지 아니하고 오히려 단서나 힌트를 주거나, 문제를 쉽게 설명해 주거나, 또는 비슷한 문제를 예시해 주어 반응을 유도한다.

5) 핵심에서 벗어나지 않아야 한다.

아이가 "다시 한번 말씀해 주시겠어요"라고 하거나 더 심하면 "그게 이 문제와 무슨 관계가 있죠"라고 한다면 질문이 핵심에서 벗어나고 있다는 증거이다.

이미 그 정도의 말을 할 정도라면 대화는 서로 다른 방향으로 흘러가고 있다고 해도 과언이 아닐 것이다. 효과적인 질문은 반드시 핵심을 벗어나지 않고 핀트를 잘 맞추어야 가능하다.

6) 상황에 적절해야 한다.

상황이나 타이밍이 부적절한 질문은 아이를 당혹하게 하거나 분위기를 어색하게 만든다. 목적과 상황, 분위기, 타이밍에 부합하게 질문해야 한다. 만약 아차하는 사이에 적절치 않은 질문을 하였다면 재빨리 초점을 되찾아 상황을 반전시켜야 한다. 그러기 위해서는 아이를 미리 파악하고 현상에 대한 깊은 조예가 있어야 가능하다.

7) 질문은 긍정적이고 건설적이어야 한다.

생각을 키워주는 질문을 하기 위해서는 항상 긍정적인 방향으로 이끌어야 한다. 질문 중에서 가장 쉬운 질문을 아는 것을 물어 보는 질문이다. 사고를 자극하는 질문은 이미 아이가 알고 있었던 내용이나 경험한 사실을 알아보기 위한 질문을 말한다. 사람들은 대화 중에 질문을 받게 되면 "아 이 사람이 대화중에 나에게 관심이 있구나"라고 생각하여 대화 분위기를 긍정적으로 만들어 준다. 그러나 말을 주고받는 대화만한다면 생각을 자극하지 못하여 아이를 점점 수동적으로 만들 뿐만 아니라, 지시나 강요로 이어져 그들의 행동과 습관을 제지하고 억누르는 듯 비칠 수 있다.

사고를 자극하는 질문은 주로 대화의 도입 단계에서 주로 이루어지는 질문이다. 사고를 자극하는 질문은 대화를 편안하게 만들어 주는 역할을 하기 때문이다.

질문의 내용은 아이가 대개 알고 있거나 잘 알 수 있는 단순한 지식과 사실, 일이나 취미와 관련된 질문, 지난 만남 시 화제와 관련된 질문, 중요한 사건, 건강이나 의상이나 외모에 관련된 질문, 아이의 최근의 관심분야에 관련된 질문, 계산 결과, 안부, 개인적인 문제 등에 관한 질문으로 일문일답의 형식을 취하는 질문을 말한다.

사고를 자극하는 질문은 아이의 생각을 키워주는 질문이다. 주로 사람들과의 개인적 문제나 상황에 대하여 대화할 때, 아랫사람과 대화할 때, 직원들을 리드할 때, 아이들과 대화할 때, 고객과의 비즈니스 등에서 아이를 위한 질문을 하면, 아이의 생각을 자극하여 올바른 방향으로의 사고전환과 관점을 바꿀 수 있다.

간단하고 이미 알고 있는 질문은 아이로 하여금 질문에 답하면서 공감을 느끼거나 동질성을 느끼게 할 수 있다.

〈생각하게 하는 질문〉

- 안부 : "요즘 잘 지내고 있지?"
- 경험 : "전에 가족과 같이 갔던 곳이 좋았지?"
- 사실 : "미국 대통령의 이름은 뭐지?"
- 취미 : "요즘은 뭘 주로 하니?"
- 관심분야 : "어떤 무엇을 샀니?"
- 경험한 사실 : "오늘 기분은 어때?"
- 외모 : "요즘 많이 예뻐진 것 같아 비결이 뭐니?"
- 계산 : "3+4는 얼마지?"

사고를 촉진하는 질문을 한다

사고를 촉진하는 질문은 무모에게 필요한 자료를 모두 제시하지 않은 상황에서 아이가 자유롭게 자신의 자료를 산출하게 하는 질문이다.

주로 아이의 사고를 특정한 방향으로 제한할 만큼 충분한 정보를 제공하지 않은 상황에서 세밀화, 확산적 연결, 또는 종합과 같은 조작을 자극한다.

아이의 사고를 촉진 질문은 자신이 가진 지식, 정보 등을 이용하여 비교, 대조, 구분, 분석, 종합하여 응답하게 하는 질문이다. 따

라서 아무렇게나 대답하는 질문이 아니라 아이가 생각을 깊게 해서 응답을 해야 하는 일종의 문제 해결 수준의 질문이다.

즉, 사고를 촉진 질문은 아이가 추론하고, 자료를 해석하고, 두 요인 이상간의 관계를 찾아내고, 학습 자료의 핵심 내용을 설명하도록 하는 높은 수준의 질문이다.   .

〈사고 촉진하는 질문 대화〉

- "자유와 평등의 다른 점은 뭐지?"
- "낫 놓고 ㄱ자도 모른다는 것은 뭘까?"
- "그렇게 놀기만 하면 어떻게 될까?"
- "세상에 물이 없다면 어떻게 될까?"
- "원숭이가 진화하면 무엇이 될까?"
- "우유와 설탕을 섞으면 무엇이 될까?"
- "석탄과 기름이 고갈된다면 어떤 일이 일어날까?"
- "지금 식량이 다 떨어지면 어떻게 될까?"

 아이와 토론한다

영국 역사상 가장 위대한 영국인으로 추앙받았던 윈스턴 처칠은 정치인으로 세계를 변화시켰지만 더욱 유명한 것은 노벨문학상을 수상할 정도로 문학에도 조예가 깊었지만 더욱 유명한 것은 명연설가였다는 것이다. 그러나 그의 화려한 조명 뒤에는 처절한 인생의 극복이 있었다.

처칠은 왜소한 체구로 심한 열등의식과 매번 꼴찌를 벗어나지를 못한 어린 시절을 보냈다. 그는 자신의 불행을 극복하기 위하여 매일 다섯 시간이 넘는 독서와 연구를 통해 자신만의 지식 세계를 만들어 갔으며 자신의 인생을 물론 세계를 변화시켰다.

독서는 이처럼 사람의 인생을 변화시키는 재주가 있어 오늘날 성공한 사람들은 대부분 독서를 최고의 성공 방법이라고 말한다. 독서는 아이기 다양한 사고의 증가와 함께 논술을 잘하는 가장 정확하고 기본적인 방법이기도 하다. 아이가 어릴 때부터 책을 읽게 되면 공부도 잘하게 될 뿐만이 아니라 논술도 잘하게 된다.

독서는 논리적인 사고 함양을 위해 정말 중요하다. 책을 많이 읽으면 읽을수록 아이의 논리력은 향상된다. 따라서 아이들에게 독서를 많이 시키기 위하여 노력해야 한다. 좋은 책을 아이에게 권하려면 부모는 책에 대한 정보를 많이 알아야 한다.

책에 대한 정보를 많이 알려면 부모는 인터넷으로 교보문고나 영풍문고 등 대형 서점을 찾아서 정보를 수집한다. 요즈음 아이들 대상으로 팔리는 책 중에서 어떤 책이 베스트셀러인가를 분석하여 그 책들의 머리말이나 후기 등을 꼼꼼히 읽어 좋은 책을 선정하여 아이와 함께 읽고 토론을 벌이는 것이 좋다.

토론하는 방법은 아이가 그 책을 읽고 나면 책의 주제, 요지, 그리고 느낀 점에 대해서 대화를 하는 것이다. 독서한 내용에 대하여 부모와 아이의 느낀 점은 같지 않을 것이다. 사람마다 느끼는 바가 다르기 때문에 자신의 초점에 대해 이야기하다 보면 사고의 폭이 넓어지게 된다. 또한 대화하는 동안에 논리적으로 말하는 연습이 되기 때문에 논술력 향상에 도움이 된다.

부모와 토론하는 것을 부담스러워 한다면 아이의 친구들과 함께 토론을 시키는 것도 효과적이다. 책 한권으로 여러 사람의 생각과 느낌을 듣다 보면 아이는 문제에 대한 다양한 시각을 알 수 있고, 나아가 다각적인 문제해결능력을 갖출 수 있다.

부모는 생활 속에서 상황에 맞는 책의 구절을 인용하여 대화하면 아이는 쉽게 부모가 말하는 대화의 내용을 이해할 수 있다. 만약 책을 읽지 않았을 경우에는 호기심을 갖게 되어 책을 읽게 될 것이다. 부모의 조그만 실천으로 아이는 토론의 길로 진입할 수 있다.

〈토론 대화〉

- 엄마 : "이번에 읽은 나폴레옹은 어느 나라 사람이니?"
- 아들 : "프랑스 사람이에요"
- 엄마 : "나폴레옹이 왜 위대하니?"
- 아들 : "불가능을 모르는 사람 같아요"
- 엄마 : "불가능이 뭐니?"
- 아들 : "불가능은 해서 안되는 일이잖아?"
- 엄마 : "마자. 아들은 불가능이 있다고 생각해?"
- 아들 : "아니 열심히 노력하면 나폴레옹처럼 불가능이 없다고 생각해"
- 엄마 : "잘 생각했어. 세상은 마음먹기에 달린 거야"

"

5장

자존감을 높이는 감성 대화법

감성의 중요성

요즈음은 부모와 아이 간에 대화를 나눌 수 있는 기회가 점점 줄어들고 있으며, 이혼 가정의 증가와, 잦은 이사로 인하여 불안전한 가정에서 자란 유아들이 과거에 비해 많아 졌다.

또한 이들은 생활 속에서 많은 학업이나 부모로부터 스트레스를 받으며 자신의 감정을 잘 조절하지 못하고 화를 내거나 참지 못하는 경향을 보이고 있다. 또한 인내심이 적어 또래 아이와 싸움이 잦고, 쉽게 흥분하는 모습을 자주 볼 수 있으며, 이와 같은 경향은 유아에게 정서적 불안정을 가져오며, 거의 공격적이거나 그와 반대로 위축된 유아를 만들기 쉽다.

이러한 이유로 인해 현대사회에서는 청소년 비행, 학교생활에 적응하지 못하는 문제가 자주 발생한다. 이런 문제들에 대하여 기존의 IQ로는 설명력을 잃고 있다.

그래서 머리는 좋은 것 같은데 정서적으로 성숙하지 못하여 학교생활에 어려움을 겪는 아이가 있는가 하면, 스스로의 충동을 잘 조절하여 훌륭한 대인관계를 지속시켜 가거나 긍정적인 인생관으로 어려운 역경을 잘 이겨나는 아이들도 많이 있음은 주변에서 흔히 볼 수 있다.

결국 이러한 문제를 해결하는 것은 IQ가 아니라 무언가 필요한 것이 있는데 그것이 바로 감성인 것이다. 미래세대가 원하는 리더의 조건은 '감성'이다. 그래서 IQ를 중시하던 교육계에서도 감성교육을 중요시하는 바람이 불고 있다. 그렇다면 감성은 무엇이며 왜 중요한 것일까?

감성이란 다양한 시각에서 정의가 가능하고, 또한 포괄적인 의미를 갖기 때문에 구체적으로 한정지어 정의하기가 어렵다. 그러나 군이 정의를 한다면 감성이란 자신의 오감(촉각, 미각, 청각, 시각, 후각)을 느끼고 이를 관리하고 조절하는 것이라고 할 수 있다. 또는 자신의 감정을 생산적으로 이용하며 다른 사람의 감정을 읽을 줄 아는 능력을 말한다.

감성이 중요한 이유는 감성이 다른 사람과의 인관관계를 맺는 것과도 매우 밀접하게 관련되어 있다. 감성이 높은 사람은 다른 사람의 감정을 잘 이해해주며 자신의 감정을 잘 컨트롤하는 사람이기 때문에 많은 사람들이 편안해하고 신뢰감을 주기 때문이다.

따라서 감성이 높을수록 자신감이 높고, 겸손해 지며, 남들로부터 신뢰감을 받고 성실하며, 변화에 민감하고, 성취욕구가 강하며, 성실하며, 변화에 대한 개방성이 높으며, 낙관적이며, 조직에 헌신하며, 남들로부터 호감을 받으며, 지도력을 얻어 결국은 사회적으로 성공률이 높아진다고 할 수 있다.

그러나 명심해야 할 것은 감성적 지능이나 이성적 지능이 서로 별개의 지능인 것처럼 생각하지는 말아야 한다. 감성 교육만을 중시하는 생각은 이성적 지능교육만을 강조하는 것만큼이나 잘 못된 생각이라고 볼 수 있다. 인간은 감성과 이성이 조화롭게 어우러질 때 보다 인간다운 인간으로 성장 할 수 있기 때문이다.

아이들이 처음으로 접하는 사회는 가정이다. 그리고 가장 많은 시간을 함께 하는 사람은 아이의 부모들이다. 따라서 아이들의 감성이 유지되길 바라고 발전되기를 바란다면 그들과 가장 많이 상호작용하는 사람들의 행동과 말이 가장 큰 영향을 끼칠 것임으로 주의해야 한다.

특히 대화는 다른 사람의 감성과 자신의 감성이 같이 소통하는 것임으로 매우 중요하다. 아이를 키우는 일은 행복한 일이지만 또한 무척 많은 인내와 희생을 필요로 하는 어려운 일이다. 더구나 부모가 자식의 모든 문제를 해결해주지는 못한다.

공부를 못하든, 불법 약물에 손을 대든, 범법자가 되든, 아니면 다른 식으로 말썽을 부리는 아이의 부모는 자식들이 삐뚤어진 이유가 부모인 자신의 노력이 부족한 탓이라고 생각하고 있다. 그러나 부모가 아이들의 성공이나 실패가 자신에게 전적으로 또는 대체로 책임이 있다고 생각하는 것은 자기도취적인 착각에 지나지 않는다.

아이들을 사랑과 안정으로 보살피고 키우는 의무를 다한 부모라면 아이들이 노력한 결과에 대한 책임을 지지 않아도 된다. 아이들이 성공을 하든 하지 못하든 간에 그것은 그들 스스로 세상을 살아가는 방식을 결정한 결과이기 때문이다.

부모는 자신이 중요하다고 생각하는 가치와 행동을 가르치려 하지만, 결국 그것을 선택하느냐 하지 않느냐는 아이들의 몫인 것이다. 부모로서 성공하기 위해서는 무엇보다 자신이 옳다거나 모든 답을 알고 있다는 생각부터 버려야 한다.

중요한 것은 아이들이 부모에게서 사랑과 존중을 받고 있다고 항상 느끼도록 해주는 것이다. 그렇기에 부모와 자식 간에 사랑과 신뢰를 바탕으로 대화의 길을 놓치지 않는 것이 중요하다. 대화는 모든 문제해결의 가장 쉬운 방법이자 가장 최선의 방법이기 때문이다.

🍓 긍정적 대화를 한다

감성을 길러주는 대화를 하려면 아이의 감성이 우선 드러나게 해야 한다. 하지만 아이들과의 대화에서 어려움을 겪는 가장 커다란 이유는 아이가 부모에게 감정을 숨기기 때문이다. 왜 아이들은 부모에게 자신의 문제에 대해 이야기하기를 꺼려할까?

지난 20년 동안의 심리학자들의 연구결과 밝혀 낸 사실은 아이가 부모에게 입을 다무는 것은 부모들이 무의식 중에 습관적으로 내뱉은 말들이 아이들에게 정서적이고 성격적인 측면에 매우 나쁜 영향을 미쳤기 때문이라는 것이다. 아이들에게 나쁜 영향을 미치는 부모의 습관적인 말투는 아이들에게 지시하고 강요하거나 명령하는 말투였다.

〈아이들에게 나쁜 영향을 미치는 부모의 습관적인 말투〉

- "당장 그만둬!", "입 닥쳐!" 같은 지시, 명령의 말투
- "그러면 혼날 줄 알아", "제 시간에 안 오면 알아서 해!" 같은 불안한 아이를 더 막다른 골목으로 몰아가는 경고, 위협의 말투
- "넌 바르게 행동해야 한다" 같은 수천 번을 말해도 아이를 결코 변화시킬 수 없는 윤리, 설교 같은 말투
- "도대체 넌 누굴 닮아서 이러는 거니?", "널 믿었던 내가 잘못이다" 같은 교육적으로도 정서적으로도 전혀 아무런 도움이 되지 않는 비난, 질책의 말투
- "울보", "얼간이", "멍청이" 같은 조소, 비웃음의 말투
- "네가 뭐라고 해도 난 네가 속이고 있다는 걸 알아" 같은 추측, 해석의 말투
- "왜 이랬어? 이야기를 해보라니까" 같은 집요하게 물어보기의 말투

이러한 말들을 습관적으로 듣고 자란 아이는 부모가 자신의 문제에 관심이 없다고

생각하고, 자신이 무력한 불행에 빠져 있다고 느끼게 된다. 그래서 자신을 경멸하게 된다.

그때 아이들은 부모에게 말대답을 하고, 반항하고, 투덜대고, 화를 내고, 고집을 부린다. 그리고 부모를 향해 입을 닫는다.

이처럼 아이들은 부모님들의 말투나 화법에서 마음의 상처를 받는 경우가 많다. 대표적인 것이 '비교화법'으로서 다른 대상을 내 아이와 비교했을 때 흔히 생기곤 한다. 세상에서 제일 가깝다고 느끼는 부모님들에게 비교의 대상이 되고 있다는 사실은 아이들에게 섭섭한 마음을 안겨준다.

또한 단정 화법인 "넌 왜 그 모양이니?", "그럴 줄 알았어"와 같이 아이의 불안한 마음에 쐐기를 박고 자신을 더욱 작게 만들고 좌절하게 하는 원인이 된다. 부정적인 화법은 아이의 정서에 악영향을 끼칠 뿐만 아니라 감성을 억제하는 요인이 된다.

따라서 아이에게 부정적이고, 단정적인 언어를 사용하기 보단 긍정적인 언어를 많이 사용하며 대화하는 것이 중요하다. 아이들은 부모의 긍정적인 대화를 통해서 "아! 우리 부모가 나를 인정해주고 있구나?"라는 생각에 보모에게 자신을 표현하려는 노력을 하게 된다.

부모가 아이와 감성적인 대화를 원한다면 좀 더 아이의 입장에서 생각해 주거나 조금만 완곡하게 돌려 말하면 아이들과 좀 더 깊이 있는 대화의 장을 만들 수 있다.

대화를 자주 한다

부모와 대화를 피하는 아이들은 부모의 부정적인 대화에 영향을 받은 바가 크다. 따라서 아이들의 마음의 문을 열려면 일정한 시간을 두고 기다려야지, 대화를 요구해서는 아이들이 주눅이 들어서 더욱 대화가 어려워진다.

그렇다면 말을 하지 않는 아이에게는 어떠한 식으로 접근해야 할까? 먼저 아이의 눈을 쳐다보며 엄마의 걱정되는 마음을 전한다.

"우리 병우가 요즘 표정이 시무룩하니까 엄마는 무슨 일이 있나 궁금하기도 하고 걱정되기도 하네"라는 식의 대화로 시작하는 것이 필요하다. 하지만 아이가 대답을 안 할 경우 답답하다고 해서 아이를 비난하거나 답을 요구해서는 안 된다.

예를 들어, "너 계속 엄마한테 말 안할 거니? 말 안 할거면 인상이라도 쓰지 말던가. 하루 종일 불만 있는 표정으로 하고 있으면 엄마 속이 편하겠어? 왜 너는 네 생각만 하니?" 하며 비난의 말을 하거나 "말하기 싫으면 관둬"하며 냉정하게 말하는 것은 좋지 않다.

아이가 말하고 싶지 않아하는 마음을 존중하되 "마음이 바뀌면 언제든지 엄마에게 말해. 엄마는 언제나 수영이의 말을 들어줄 준비가 되어 있으니까. 엄마의 도움이 필요하면 언제나 말하렴. 엄마는 기다릴게" 하고 물러서 주는 것이 필요하다.

이러한 기다림은 아이에게 부모의 마음을 느끼고 자신의 감정을 정리할 수 있는 여유를 줄 수 있다. 그리고 아이가 얘기할 경우에는 적절한 추임새를 섞어가며 대화를 들어주는 것이 필요하다. 예를 들어 "아~그랬구나", "그런 일이 있었구나", "응, 그래," 또는 고개를 끄덕끄덕해주는 것도 좋다.

아이는 이러한 반응을 통해 부모의 관심과 사랑을 느끼고 대화를 들어주고 있다는 안도감을 느낀다. 그리고 얘기가 끝났을 시에는 아이에게 마음을 열어준 것에 대한 고마움을 표현해야 한다. 예를 들면 "병우에게 그런 일이 있었는 줄 엄마는 몰랐었네.

병우야, 고마워. 엄마한테 솔직하게 얘기해줘서 엄마는 너무 기쁘구나"

혹여나 아이의 고민이 생각지 못하게 크거나 할지라도 불안해하거나 화를 내어서는 안 된다. 엄마가 감정적으로 동요할 경우 아이는 다시 마음의 문을 닫기 때문이다. 대화를 하지 않으려는 아이에게 대화를 시도하는 경우는 아이에게 여유를 두고 기다려야 하며 그 마음이 다시 닫히지 않도록 주의해야 한다.

눈높이에 맞추어 대화한다

유아기의 특성 중에 하나는 물활론이다. 피아제가 말하길 초기 아동기 때(2~7세)는 모든 물체가 살아 있다고 생각하는 물활론의 시기가 있다고 한다. 물활론은 아이가 자기중심적으로 생각하고 그에 따라 자기가 생각하는 대로 행동하고 전세계가 자기감정과 욕망을 함께 공유한다고 생각하는 것이다.

예컨대 해와 달은 그가 걸어갈 때 따라 온다고 생각하고 높은 산은 키가 큰 사람이 올라가기 위해 크고, 작은 산은 키가 작은 어린이를 위해 작다고 생각하는 일이 유아에게는 가능하다.

따라서 유아기의 아이가 자기중심적 사고를 하는 것은 당연한 것이다. 따라서 아이의 이러한 대화에 부모가 찬물을 끼얹는 다면 아이는 대화가 통하지 않는다고 생각할 뿐만 아니라 자신의 생각이 틀렸다는 마음이 들어 말을 하는데 자신감을 잃게 된다.

〈잘못된 대화〉

- 아이 : "엄마, 달이 자꾸 따라와" 라고 아이가 말했는데
- 아빠 : "바보야, 달이 하늘에 그냥 떠 있는 건데. 네가 잘못 생각 한 거야!"

→ 아이들이 지니고 있는 순수한 감성을 짓밟는 결과를 가져와 아이들은 대화를 피하게 된다. 결국 너무 어른 중심으로 말했기 때문이다.

〈지혜로운 대화〉

- 아이 : "엄마, 달이 자꾸 따라와"

　- 아빠 : "그래? 우리 아들한테 달이 따라오면 그건 우리 아들이 너무 잘생겨서 그런 거야!"

→ 아이의 감성을 읽어주는 대화를 하게 되면 아이의 눈높이에서 아이의 순수한 감성을 유지해주는 것이 될 수 있다. 아이는 이러한 부모의 대답에 힘을 얻게 되고 더 많은 감성적인 말들을 해서 칭찬을 받으려고 하게 된다.

유아기의 특성이 물활론적 사고를 하고 있기 때문에 이런 대화는 당연한 것이라고 생각해야 한다.

아이의 미발달된 사고하는 부분을 일부러 지적하기 보다는 아이의 순수한 감성을 존중해주는 융통성 필요하다.

아이의 잘못된 부분을 너무 고쳐주려 하면 아이는 또 혼날까봐 자신의 순수한 감정을 잘 들어내려 하지 않게 된다. 따라서 아이의 순수한 감성을 어느 정도 이해해주면서 아이의 잘못된 행동만 수정하는 대화를 하는 것이 필요하다.

다양한 주제로 대화한다

아이들의 대화에는 주제가 한정되어 있다. 따라서 그 아이들이 생각하고 느낄 수 있는 범위도 한정되어 있다는 것이다. 우리는 아이들이 좀 더 많은 범위의 주제들을 가지고 느끼고 생각하는 시간이 필요하다고 생각한다.

대화하는 사람들이 항상 반복적인 아이와의 대화를 다양하게 바꾸어주어야 한다. 먼저 어른들이 그 주제를 변환시켜주는 역할을 하는 것이 필요하다.

서로의 입장을 생각할 만한 마음의 여유가 생겨 대화가 가능하게 되었다면, 이제 아이와 이야기할 주제를 정하는 것이 좋다. 주제가 정해지지 않으면 이야기는 그저 잡담으로 흐르고 만다.

휴대폰 사용이나 학원 선정, 혹은 컴퓨터 사용 시간 등 이야기하고 싶은 주제를 아이에게 명확하게 이야기하자. 이때 부모가 내린 결정을 통보하듯이 이야기하는 것은 금물이다.

'시험기간에는 휴대폰을 엄마에게 맡겨라'라는 식이 아니라 '휴대폰이 공부에 방해가 되는 것 같은데 시험기간에는 휴대폰 사용에 대해 다른 대책을 마련해 보는 게 어떨까?'하는 식으로 대화를 시작한다.

이와 같이 여러 가지 주제를 던져주면서 그에 따른 아이의 감정을 이끌어 내야 좋은 대화법이 된다. 단 주의해야 할 점은 아이가 그 주제에 관심이 없는데 그 주제를 계속 강요해서는 안 된다. 그 주제에 관심이 없는 것도 그 아이의 감정이기 때문이다.

〈잘못된 대화〉

- "오늘은 우주에 대해서 말해볼까? 내일은 곤충들에 대해서 말해보자"

자칫하면 아이가 공부한다는 느낌이 들 수 있기 때문에 이런 대화는 피해야 한다. 이러하면 아이는 감성보다는 이성을 사용하는 대화법을 하고 공부하는 압박감 때문에 자신의 감정을 잘 들어내지 않을 수도 있다.

대화하는 아이가 같이 대화하는 사람이 아닌 자신을 가르치려는 사람으로 생각하기 때문에 더 감정을 안 들어내려 할 수 있기에 피하는 것이 좋다. 그리고 이러한 다양한 주제의 대화법의 밑바탕은 많은 경험이다.

아이가 자신의 눈으로 직접 보고 듣고 느끼고 난 후 대화하는 것이 가장 효과적인 대화법이 된다. 간접 경험도 중요하지만 직접 경험을 하면 아이의 대화의 주제가 넓어지고 그만큼 아이와의 감성의 대화법이 부드럽게 이어 질수 있기 때문이다.

〈지혜로운 대화〉

- "오늘 엄마가 오는 길에 벚꽃을 봤어. 벚꽃 본적 있니? 우리 지나가다가 볼까? 어때? 어떤 느낌이 나니?"
- "와~ 이게 이 책 신기하다. 우주 사진이 있는 사진이네, 우리 이거 같이 볼까? 어때?"

고정관념을 갖지 않게 한다

고정관념이란 본의가 아님에도 마음이 어떤 대상에 쏠려 끊임없이 의식을 지배하며, 모든 행동에까지 영향을 끼치는 것과 같은 관념이다. 어른들에게는 본의 아니게 굳어진 고정관념이 많다. 반면에 아이들은 아직 고정관념을 갖지 않고 있다.

따라서 부모의 고정관념들은 아이들과 대화할 때 나쁜 영향을 미칠 수도 있기 때문에 조심해야 한다. 특히 주의해야 할 것은 성역할에 대한 지나친 고정관념이다.

우리 아이들의 감성을 제어하는 것들 중에 성역할 고정관념은 큰 장애물로 작용한다. 여자 어린이는 항상 부드럽고, 유순하며, 조용해야 한다는 등의 고정관념은 그 아이로 하여금 다양하고 넓은 사고관념을 억제 시킨다. 또한 남자어린이들도 마찬가지이다.

성역할 고정관념은 우리 사회의 뿌리깊이 박힌 사고들이기에 피하기 힘들다. 따라서 아이와 대화하는 어른들이 그 아이들에게 심어주지 않도록 대화하는 것이 필요하다.

부모의 고정관념이 대화를 통해 아이들에게 영향을 끼침을 볼 수 있다. 남자는 부엌에 들어가지 말아야 한다는 생각은 아이에게 가정 일을 돌보지 말라는 말로 들릴 수 있기 때문에 아이는 잘못된 생각뿐만 아니라 잘못된 감성을 갖게 될지 모른다.

나아가 아이의 감성의 폭은 줄어들게 되며, 이러한 잘못된 고정관념은 아이의 정서 발달에 장애를 줄 수 있다. 따라서 아이의 감성을 길러주려면 아이에게 고정관념을 주는 것보다는 아이에게 자유로운 감정을 얻고 나타낼 수 있도록 해야 한다.

〈잘못된 대화〉

엄마 : "너는 남자애가 무슨 소꿉 놀이를 하니?"

아들 : "어때서요? 재미있는 걸요. 부엌도 신기해요"

엄마 : "남자애가 부엌에 들어가면 고추가 떨어진다는 소리도 못 들어 봤니?"

〈지혜로운 대화〉

엄마 : "우리 아들 소꿉놀이가 재미있나 보구나"

아들 : "엄마, 너무 재미있어요. 부엌도 정말 신기해요"

엄마 : "맞아. 엄마는 부엌이 요술 공간 같더라"

아들 : "왜요"

엄마 : "뚝딱 하면 맛있는 요리가 만들어지잖아".

아들 : "하하하, 맞아요"

엄마 : "우리 아들, 엄마 배고픈데 간식 좀 만들어 줄래"

아이 마음의 상태를 분석한다

부모가 아이를 사랑하면서도 아이를 힘들게 하는 가장 큰 이유는 아이의 마음을 잘 모르기 때문이다. 어린아이들은 부모가 자신에게 어떤 말을 많이 하는지 또 어떤 감정으로 자신을 대해 주는지에 따라 자신을 좋은 사람으로 생각할 수도 있고, 쓸모없거나 하찮은 사람으로 느낄 수도 있다.

아이들은 대화 속에서 자신이 불리한 상황에 놓이거나, 어려움에 처할 경우 잘못된 사실을 말하거나 자신의 말 속에 숨은 뜻을 가지고 있는 경우기 많다. 하지만 어른들은 아이들의 이러한 심리 상태를 이해하지 못하는 경우가 많고, 아이들이 말하는 것 그대로를 아이들이 느끼는 것이라고 생각해 버리는 경우가 많다.

극단적인 예를 들자면 성폭행을 당한 아이가 가해자의 처리를 위하여 조사를 받을 경우, 불안한 상황 속에서 자신의 입장을 이야기해야 하는 상황이 반복되면서 사실에 대하여 번복하거나 자꾸만 다른 말들을 이끌어 내는 경우가 있어 증거 불충분의 이유로 가해자 처벌이 어려운 경우가 많이 발생한다고 한다. 이렇듯 아이들은 자신의 말속에 숨은 뜻을 내포할 경우가 많다.

아이들이 순간적으로 내뱉는 말에도 다 의미가 있는 것이다. 아이의 말이라고 그냥 넘겨버릴 것이 아니라 왜 그런 말을 했는지 생각해 보아야 한다. 문제가 생겼을 때 도와달라고 표현하는 것일 수도 있고, 보고, 듣고, 느끼고, 생각하고, 경험한 것을 온몸으로 받아들여 거르고, 다듬어서 소리로 나온 것 이며, 엄마와의 유대감을 느끼고 싶어하기 때문이다.

이처럼 아이가 표현한 대화의 내면을 정확히 파악하는데 도움이 되는 것이 바로 아이의 비언어작인 행위를 분석하는 것이다. 비언어적 행위는 언어 외에 모든 물리적 방법의 커뮤니케이션으로 보디랭귀지라고도 한다.

보디랭귀지를 우리말로 하면 '몸말'인데, 세분화하면 태도 자세 제스처 표정 시선 등
으로 나눌 수 있다. 비언어적 행위는 화자가 이해, 수용, 간호하는데 있어서 아이에게
반응하는 것이다. 그것은 듣기보다는 볼 수 있는 교류의 일부이다.

머리를 끄덕이는 것, 자리를 내어 주는 것, 주먹을 쥐는 것, 팔을 잡아주는 것, 손가
락을 돌리는 것, 무겁게 숨 쉬는 것, 식은땀을 흘리는 것 등이 모두 비언어적 행동 형태
이다.

때때로 비언어적 메시지는 너무 강해서 언어를 능가할 수 있으므로 그것을 통제할
수가 없다. 이러한 행동을 우리가 인식할 때에 우리가 말하고자 하는 것을 교류하기
위하여 어떻게 비언어적인 것을 이용할 지를 확실히 모르고 있다.

비언어적 커뮤니케이션을 통제하는 방법이 없기 때문에 우리는 언어적 행위를 더욱
신뢰하는 경향이 있다. 표현된 말 보다는 비언어적인 제스처에 귀를 기울인다. 아이들
은 부모와의 대화에서 가끔은 자신의 의사를 숨기고 말을 하는 때가 있다.

따라서 표현된 말에만 신경을 쓰기보다는 말의 내용보다는 목소리의 강약과 떨림,
시선, 제스처, 억양, 표정, 자세 등에 보다 많은 내면적 정보가 있다는 것을 인식하고
주의 깊게 보아야 한다. 아이의 행동을 통하여 나타나는 아이의 마음을 보면 다음과
같다.

〈아이의 행동을 통해 나타나는 마음〉

○ 손톱을 물어뜯는 아이

시도 때도 없이 손톱을 물어뜯는 아이는 마음이 심심하거나 불안정하기 때문이
다. 어떤 일에 대해 재미나 흥미를 느끼지 못하기 때문에 자기 신체에 대해 가만히
있지 못하고 만지작거리는 것이다. 집안 분위기가 어색하거나 친구들과 잘 어울리
지 못한다고 느끼면서 마음이 불편하고 정서적으로 불안정하게 된다.

○ 돌아다니면서 밥 먹는 아이

식탁에 밥을 차려 놓으면 한 숟가락 먹고 돌아다니다가 다시 와서 밥을 먹는 아이는 대부분이 편식을 하는 경우이거나 음식이 먹기 싫기 때문이다. 산만한 성향을 가진 아이나 입이 짧은 경우에도 마찬가지다. 또한 그동안 엄마가 쫓아다니면서 먹였기 때문에 습관이 되어 식탁에 앉아서 먹는다는 개념이 잘 서 있지 않을 수도 있다.

○ 구석을 좋아하는 아이

구석에 숨어서 노는 것을 좋아하는 아이는 자기만의 시간에 어떤 방해도 받지 않기를 원하는 것이다. 특히 안정감이 필요하거나 다른 사람이 자기를 계속 보고 있는 것에 대해 부담을 느끼는 경우이며, 내성적이고 두려움이 많은 아이가 이런 성향을 보일 확률이 높다.

이렇듯 아이와의 대화에서 눈높이를 맞추는 것만큼 중요한 것은 바로 아이의 말 속에 숨은 아이의 마음을 찾는 것이다. 아이들과의 대화 속에서 숨은 아이의 마음을 찾고 이것을 이해해 준다면 아이들은 대화 속에서 행복을 느낄 수 있을 것이다.

6장

자존감을 높이는 자신감 대화법

자신감의 중요성

프로이드는 인간의 정신은 마치 빙산처럼 의식은 10%도 안되고 잠재의식은 90% 이상을 차지함에도 불구하고 의식이 정신의 전부인 것처럼 취급하고 있다고 말했다.

의식은 주로 생각하고 판단하고 명령을 내리는 기능을 가지고 있는 데 반하여, 잠재 의식은 신체의 조직이나 기관 등을 관장하는 자율신경을 담당하는 외에도 정보를 기억, 저장하는 기능, 직감이나 감정, 확신과 영감, 암시와 추리, 상상과 조직력 등의 기능을 제공한다.

잠재의식의 사전적 의미로는 의식이 접근할 수 없는 정신의 영역, 또는 우리들에게 자각되지 않은 채 활동하고 있는 정신세계를 말한다.

그런데 주목할 것은 프로이드가 잠재의식을 빙산과 비유한 것처럼 잠재의식의 위력 은 거의 무한대이기 때문에, 많이 활용할수록 능력도 증가가 되고, 새로운 능력을 개발 해 나갈 수 있다는 것이다.

요즘 의식의 판단하고 명령 내리는 기능과, 잠재된 힘의 근원으로서의 잠재의식의 기능을 강화하는 연구가 한창 진행 중에 있다. 최면의 암시기법으로 시력이 좋아졌다는 의학 논문과 키가 커졌다는 연구 결과도 권위 있는 의학 학술지에 기재되기도 한다.

어렵게 학술논문을 뒤적일 것도 없이, 정신을 집중해서 초인적인 능력을 발휘했다는 사실은 주위에서도 흔히 찾아 볼 수 있는 사례다.

한 때 두 얼굴의 사나이라는 외화가 인기리에 방영된 적이 있다. 두 얼굴의 사나이는 평범한 인간일 때는 의식이 지배하지만, 위급한 상황이 되면 잠재의식이 나타나 괴력의 사나이로 변신하는 것이다.

꼭 두 얼굴의 사나이가 아니더라도 평상시에는 불가능한 일이지만 위급한 상황에서 는 기적 같은 힘이 솟아나 일을 쉽게 해결하거나 놀라운 능력을 발휘하게 되는 경우가 있다.

　반대로 사형수에게 금방 죽는다는 것을 암시하면 결국 잠재의식이 사형수를 죽이게 된다는 것이다. 이처럼 잠재의식은 사용하는 곳에 따라 사람의 능력을 배가하기도 하고 죽게 하는 놀라운 힘을 가지고 있다.

　따라서 10%의 의식만을 가지고 사는 속에서 90%의 잠재의식을 깨워내 목표를 실현하는데 사용한다면 성공지수는 점차 높아질 것이다. 또한 굳이 의식적인 마음의 힘을 빌리지 않고도 얼마든지 육체의 건강과 행복한 삶을 살아 갈 수 있다.

　잠재능력은 마치 황무지와 같아서 개간을 하지 않으면 영원히 황무지가 되나 개발하면 기름진 옥토로 바꾸어 원하는 결실을 얻을 수 있다. 잠재능력은 무한대이기 때문에 이를 우리인생의 모든 방면에 활용 한다면 우리는 평범한 사람들보다 월등하게 능력있는 삶을 살 수 있을 것이다.

　나아가 잠재의식을 의식의 지배아래 두고 마음대로 통제할 수 있는 습관을 길러 나간다면 초월적인 존재로 살 수 있을 것이다.
　이처럼 사람의 잠재의식을 높이는 방법이 바로 자신감을 높이는 것이라 할 수 있다. 자신감은 어떤 일을 해낼 수 있다거나 어떤 일이 꼭 그렇게 되리라는 것을 강하게 믿는 것을 말한다.

　자신감이야 말로 내가 무엇이든 할 수 있다는 생각으로 자신의 집중력을 높여 자신에게 감추어져 있던 잠재능력을 끌어내는 데 가장 효과적이라고 할 수 있다.
　따라서 아이의 자신감을 높이는 것은 감추어진 잠재능력을 높여 스스로 성공하게 하는 힘을 갖게 해주는 것이다. 아이의 자신감을 높이는 방법은 어려운 것이 아니라 부모와 아이 간의 일상적인 대화에서도 자신감을 갖게 해줄 수 있는 대화법은 매우 많다.

아이들은 부모가 자기를 사랑한다는 것을 표현해 주지 않으면 불안해한다. 사랑받는다는 심리적 안정감이 아이들을 자신 있게 하며 신뢰감을 쌓는 기초가 될 수 있으며 사랑 표현을 꼭 말로만 할 필요는 없다.

입으로, 눈으로, 온몸으로 사랑을 표현하거나 엄마의 심장소리를 들려주거나 머리나 볼을 쓰다듬어 줄 때 아이는 엄마의 사랑을 느낄 수 있다.

아이는 부모님과 여러 가지 다양한 대화를 통해서 내가 대단한 존재라는 인식과 하면 된다는 확신과 믿음의 대화로 유도하면 아이들은 불가능이 없다는 생각을 가지게 된다.

너는 있는 그대로 멋있어

아이는 성인과 비교해 볼 때 호기심과 자기 과시욕이 강하기 때문에 연령이 유사한 동료집단의 생활 속에서 자기를 과시하는 것이 습관화되기 쉽다. "우리 집에 대따 큰 TV있는데 너네 있어?", "나 이번에 홍콩 갔다 왔다", "어제 우리 식구들 호텔가서 맛있는 거 먹었다" 등으로 자신을 과시한다.

그래서 과시욕이 강한 아이들은 학교에서 다른 동료들에게 미움을 받거나 따돌림을 많이 받는다는 연구결과가 있다.

이런 아이들은 집에서도 부모에게 '아는 척'과 '잘난 척'을 심하게 한다. 자기가 어떤 일을 하고도 "나 잘했지" 라고 확인해야 직성이 풀린다.

결국 부모에게 관심을 받고 싶고 잘했다는 말을 듣고 싶은 마음에서 하는 말이다. 이럴 때는 무조건적으로 아이들에게 '겸손함'이라는 추상적인 가치를 가르치기 위해 "너 그러면 안돼", "그런 말은 하지 않는게 좋아" 하면서 아이의 잘난 척을 억눌렀다가는 아이가 정말 가져야 할 덕목인 자신감을 잃을 수도 있다는 것을 알아야 한다.

따라서 아이들이 하는 '아는 척'과 '잘난 척'을 무조건적으로 배척하기 보다는 정확한 진단을 통해서 아이들이 왜 그런 말을 할까를 생각해서 정말 너무 모르고 '아는 척'과 '잘난 척'을 심하게 한다면 "아이들이 그러면 싫어하니까 자랑은 요만큼만 해야 하는 거야", "그건 정말 잘한 것이지만 남들에게는 이렇게 말해주는 것이 좋아" 라며 대화하는 방법을 알려주는 것이 좋다.

그러나 부모에게 인정받고 싶고, 반대로 자신감이 없어서 하는 '아는 척'과 '잘난 척'이라면 아이의 공치사를 인정해 주어야 한다.

아이들이 자신을 알아달라는 뜻에서 '아는 척'과 '잘난 척'을 했는데 부모는 그것을 알아주지 않고 혼내거나 묵살해버리며 아이들은 부모에게 인정받지 못한다는 생각에 남아 있던 자신감마저 상실해 버리기가 쉽다.

따라서 아이들과의 대화 속에서"어떤 말을 해도 엄마가 나를 믿어 주는 구나","내가 실패를 하거나 잘못을 해도 엄마가 다 이해해 주는 구나"라는 생각을 가지게 된다. 이러한 생각이 바탕이 되어 아이는 엄마에 대한 믿음감을 가지고, 엄마와의 정서적인 유대감을 가지게 된다.

그리고 이러한 생각에서 아이는 "나는 진짜 괜찮은 사람이야", "나를 믿고 의지해주는 든든한 엄마가 있다" 라는 자신감을 얻게 되어 무슨 일을 하든 매사에 자신감을 얻게 된다.

남편과 함께 7남매를 데리고 미국 시애틀로 건너가 한국 식당을 꾸려가며 뒷바라지를 하여, 정명훈, 정경화, 정명화 세 남매를 세계적인 음악가 정트리오로 길러낸 정명훈씨의 어머니 이원숙씨의 교육관이 놀랍다.

그녀는 아이들의 잠재력이 어느 쪽에 있는가 관찰하는 과정에서도 아이 자신의 판단과 결정을 존중하여 기다릴 줄 아는 인내심을 가지고 있었다. 소위 아이들이 '아는 척'과 '잘난 척'을 하였지만 그것을 인정하고 격려를 통해서 자신감을 갖게 하였다.

부모는 아이가 나이가 어리다는 것만으로도 자신을 보는 관점이나 아이의 판단력을 과소평가하기 쉬우나, 이원숙씨는 아이의 결심을 기다려줄 줄 아는 어머니였다.

그리고 아이가 결심을 하면 그 잠재력과 열정을 키우기에 가장 좋은 환경을 찾아주고자 노력하는 어머니였다. 그녀는 아이의 장점을 충분히 찾아내고 그것을 존중하고 인정해주는 노력을 하였다. 아이들은 그 속에서 어머니가 인정해 주는 것이기 때문에 자신이 있다고 생각해서 오늘날 세계의 음악 트리오가 된 것이다.

이원숙여사의 경우에서 알 수 있듯이 아이들은 '아는 척'과 '잘난 척'을 무시하지 않고 그 속에서 아이의 잠재능력을 발견하고 선택할 수 있는 기회를 부여하여 성공하는 아이로 키운 것이다. 우리는 가끔 아이들의 빛나는 잠재력을 미처 알아보지 못하고, 그저 어떤 한 방향으로 아이들을 몰아붙여 '불운아'가 되도록 하는 것은 아닌지 곰곰이 생각해볼 일이다.

〈아이의 자신감을 높이는 대화〉

1. 넌 할 수 있어
2. 잘했어.
3. 똑똑하기도 하지.
4. 네가 자랑스러워.
5. 엄마가 언제나 너 응원하는 거 잊지마.
6. 넌 최선을 다하기만 하면 돼.
7. 넌 정말 소중한 존재야.
8. 넌 그럴 자격 있어.
9. 자 힘내서 한번 해봐.
10. 잘해라.

괜찮아 다시하면 돼

아이들은 한 번의 실패로 인하여 마음을 크게 다친다. 실제 사례가 있다.

초등학교 5학년인 세은이는 자타가 인정하는 우등생이었고, 반장인 데다 교내외 각종 대회에서 상이란 상은 죄다 휩쓸었다. 세은이는 자타가 공인하는 학교의 자랑이었으며, 가정의 자랑이었다. 그런 세은이가 교회에서 실시하는 '지도자 양성과정'을 듣던 중 교회의 선생님으로부터 발표가 적절하지 못했다는 가벼운 지적을 들은 후 아이는 급격히 표정이 어두워졌다.

세은이는 사람들의 눈치를 살피기 시작하였고, 급기야는 자기가 잘 할 수 있는 것만 하려고 하였다. 한마디로 기가 팍 죽었던 것이다. 부모들은 아무리 달래도 소용이 없었다.

한 번의 가벼운 실패가 소위 잘나가는 아이를 기가 죽은 아이로 만들어 버린 것이다. 이처럼 아이들의 가벼운 실패가 기죽은 아이를 만들고 결국에는 자신감을 상실하게 만든다는 것이다.

앞에서도 말했지만 우리가 잘 알고 있는 토마스 에디슨도 수도 없이 많은 실패 속에서 성공을 하였다.

어릴 때부터 어머니는 에디슨의 수많은 실패와 좌절 속에서도 격려하는 것을 잊지 않았다. 그 결과 토마스 에디슨은 1000종 이상을 발명했지만 많은 발명을 위해서 에디슨은 수백만 번의 실패를 거듭했지만 다시 일어나 도전하였다.

에디슨은 84년 생애 동안 무려 1천93개의 발명품을 남겼으며, 기록한 아이디어 노트만 해도 3천4백 권이나 된다. 그는 60이 넘겨서도 실험에 열중하다 자신의 연구소를 모두 불태워 바닥으로 떨어졌다. 그러나 그는 좌절하지 않았다. 그는 최악의 상황에서도 어머니의 해주었던 든든한 격려를 바탕으로 자신의 도전의지를 불살라 다시 제기하는데 성공하였다.

이처럼 부모의 격려는 아이를 평생 자신감있게 사는데 힘이 된다.

예전에 막을 내린 MBC 프로그램 중에 '성공시대'라는 프로그램이 있었다. 이 프로그램에 출연하는 주인공들은 다들 우리가 알 수 있는 성공한 사람들이었다. 그러나 성공시대에 출현한 주인공이 189명이었는데 이들 모두가 자신이 성공하기까지 절망적인 실패담을 들려주었다.

결국 이들은 성공한 인생을 알리기 위해 방송에 소개됐으니 사람은 인생에서 한번 이상은 꼭 실패한다는 교훈을 알려준다. 따라서 '실패는 성공의 어머니'라는 말이 결코 틀린 것은 아니다. 실패한 이유를 제대로 분석했을 때 성공할 수 있는 확률 또한 높아지기 때문이다.

따라서 아이들에게 실패는 한번쯤 겪는 경험이며, 값진 성공일수록 실패 또한 크다는 것을 알려주어 실패가 두려워야 할 대상이 아니라 한번쯤 겪어야 하는 일상이라는 것을 알려주어야 한다.

실패를 두려워하거나 실패해서 좌절하고 있는 아이에게 다음과 같은 말을 해준다면 아이들은 자신감을 얻게 될 것이다.

- 미국의 전설적인 홈런타자 베이브 루쓰(Babe Ruth)는 전에 1,330번이나 삼진을 당했지만, 우리는 그가 날린 714개의 홈런을 기억할 뿐이다.

- 농구 황재가 된 '마이클 조던'은 초등학교 때부터 시작해 열두 살에 농구의 MVP로 선정 되었으나 고등학교 때는 학교 대표팀에서 탈락하였지만 그는 포기하지 않고 노력하였기 때문에 현재의 마이클 조던이 된 것이다.

- 영국의 소설가 '존 크레'는 지금까지 564권의 책을 출판하여 남들로부터 대단한 저력가라는 평을 받았지만 그러기 전에 그는 수많은 출판사에 원고를 제출하여 753통의 거절 장을 받았지만 그는 포기하지 않고 도전하였기 때문에 세울 수 있었던 기록이다.

- 1988년 록큰롤 명예의 전당에 오른 인기 가수 '다이애나 로스'는 9집 앨범을 낼 때까지 하나의 히트곡이 없었지만 포기하지 않고 끊임없이 도전하였기 팝의 명곡 Endless Love를 불렀다.

- 오락 산업의 대부이고 디즈니랜드의 설립자인 '월트 디즈니'는 다섯 번이나 파산을 경험했지만 그는 끊임없이 도전하여 오늘날의 명성을 갖게 되었다.

실패를 두려워하지 마

아이들뿐만 아니라 사람이라면 누구나 실패도 두려워하지만 비난도 두려워한다. 비난은 아이의 잘못이나 결점을 누군가 책잡아서 나쁘게 말하는 것을 말한다.

성인들은 나름대로 비난을 받으면 충격도 받지만 극복하는 방법을 알고 있다. 그러나 아이들은 심한 정신적인 충격을 받아, 긴장되고 불안하기 마련이다.

따라서 아이에게 무심코 던지는 비난은 오히려 아이의 문제 행동만 더 부추기게 되거나 자신감을 상실하게 된다.

비난을 받아 자신감을 상실하고 있는 아이에게는 아이가 잘하는 점이나 좋아하는 점을 찾아 가족 안에서 나타날 수 있도록 만들어 주고 그에 대해 칭찬을 해주는 방법이 좋다. 그러기 위해서는 아이에게 관심을 가지고 아이가 잘하는 점이나 좋아하는 점을 알아내는 것이 중요하다.

잘못해서 아이가 잘하지 못하거나 싫어하는 점을 아이에게 시킨다면 그것은 오히려 아이가 좌절하고 자신감을 더욱 상실하게 하는 결과를 만들게 된다. 아이들에게 새로운 자신감을 얻을 수 있는 행동을 시도를 하는 것이 처음에는 어색할 수 있지만 시간을 가지고 노력한다면 아이는 잃었던 자신감을 다시 찾게 될 것이다.

그와 함께 역사 속에서 비난을 받았지만 다음과 같이 좌절하지 않고 자신감을 가지고 도전하였기에 성공한 사람들의 일화를 들려주는 것도 좋은 방법이라 하겠다.

- 세계적인 영화배우 잉그리드 버그만은 1915년 스웨덴에서 출생하여 당대 만인의 연인이었으며 오스카상를 무려 세 번이나 수상한 대배우였다. 그러나 그녀에게도 슬픈 시련은 있었다. 영화배우가 되기 위해서 오디션을 보러 갔는데 심사위원이 코가 너무 크고 치아가 튀어 나왔기 때문에 배우에는 어울

리지 않는다고 혹평을 하였던 것이다. 그러나 잉그리드 버그만은 좌절하지 않고 "난 내 코가 좋아요"하고 오디션장을 빠져 나왔다.

그녀는 한번의 비난이 오히려 "꼭 성공하고 말겠다"는 강한 자신감으로 바꾸어 새롭게 오디션에 도전하였다. 그리고 오래지 않아 그녀는 〈누구를 위하여 종을 울리나〉, 〈가스등〉, 〈카사블랑카〉등에 출연해 세계 영화팬들의 가슴에 지울 수 없는 감동을 남겼다. 또한 숱한 명작의 여주인공으로 등장해 헐리웃의 대스타로 성공을 거두었다.

- 오늘날 미국의 유명한 영화배우인 클린트 이스트우드와 버트 레이놀즈도 비난을 견디고 "나는 할 수 있다"는 자신감을 가지고 노력하여 오늘날처럼 성공할 수 있었다. 1959년에 유니버설 영화사의 책임자는 클린트 이스트우드와 버트 레이놀즈를 동시에 해고 시켰다.

버트 레이놀즈에게는 "당신은 배우가 될 소질이 전혀 보이지 않아"라고 말했고, 클린트 이스트우드에게는 "당신은 앞니가 하나 깨졌고, 목의 울대가 너무 많이 튀어나왔어. 게다가 당신은 너무 말을 천천히 하거든"이라며 비난하였다. 그들은 마음이 매우 아팠다. 하지만 나중에 꼭 성공해서 이 비난이 아니라는 것을 증명하려 노력하였다. 결국 그들은 모두가 알다시피 버트 레이놀즈와 클린트 이스트우드는 훗날 헐리웃 영화 산업의 대스타가 되었다.

- 세계최초로 전화기를 발명한 벨은 그의 통신 실험이 성공했으면서도 불구하고 사람들은 그를 정신병자라고 생각하였다. 굳이 말로 전달해도 되는 것을 장남감 같은 기계를 만들어서 대화를 하려고 하였기 때문이다.

그렇지만 벨은 전화기를 발명하여 특허를 얻었다. 벨이 전화기를 발명하던 당시, 세계 최고의 전신회사이던 웨스턴유니언 사장은 벨이 음성전화 기술 특허를 10만 달러에 팔겠다고 제안했을 때 웨스턴유니언 사장 오톤은 벨의 발명품이 장난감보다 못하다고 생각해서 일언지하에 거절했다.

그러나 그는 사람들의 비난을 의식하지 않고 꼭 성공할 것이라는 강한 자신감으로 벨이라는 자신의 본명을 딴 전화기계 제조회사를 차려 그 동안 연구하기 위해서 쓴 돈의 몇 만 배나 더 많은 돈을 모을 수 있었다.

- 비행기를 발명한 라이트 형제는 훌륭한 싸움꾼이었다. 사람들은 인간이 하늘을 난다는 것이 불가능하다고 생각하였기 때문에 라이트 형제의 무모한 도전을 곱지 않은 시선으로 "미친 짓"이라고 비난하였다.

그러나 라이트 형제는 어떤 위협에도 굴하지 않고 진실을 수호했고, 식을 줄 모르는 열의를 갖고 경청했고 유연한 사고를 가졌다. 논리적이지 않은 비난을 무시하였다. 그러나 발전적이고 건설적인 논쟁을 통해 초기의 거친 아이디어를 다듬고 구체적으로 형상화할 수 있었다. 그래서 그들은 마침내 비행기를 만들어 하늘을 날았다.

- 알프레드 노벨은 자신이 만든 다이너마이트 등의 폭약으로 엄청난 돈을 벌어들인 억만장자이며 노벨상을 만든 사람이다. 원래 노벨이 다이너마이트를 만든 이유는 광산에서 굴을 팔 때 사람의 힘으로 팔수 없는 부분을 뚫을 때 쓰기 위해 다이너마이트를 개발하였다. 원래의 목적은 평화적인 이유로 만들어 진 것이다.

그러나 자신이 만든 다이너마이트가 전쟁 등에서 사람을 대량 살상하는 악마의 발명품으로 사용되자 노벨은 국제적으로 비난을 받게 되었다.

노벨은 점차 자신이 만든 폭약에 의해 희생한 사람들을 생각하게 되었다. 자신의 재산을 정리하여 노벨 재단을 만들게 했다. 그래서 그가 죽은 뒤에 노벨 재단, 노벨상 등이 만들어졌다.

이처럼 세상을 이끌어 가는 사람들의 삶은 순탄하지 않다. 나름대로 노력은 물론이지만 주변에서 수많은 질타를 보내기도 한다. 그래서 한 TV 광고의 멘트 중 "남들과 다르다는 것은 약간의 시샘과 부러움의 대상이 된다"가 있다.

남들과 다르다거나 남들보다 앞서게 되면 사회는 가만 놔두지를 않는다. 단지를 걸거나 뒤에서 붙잡아 끌거나 심지어는 비난을 하거나 헐뜯어서 추락하는 것을 보고자 하는 사람들이 항상 존재한다는 것을 아이들에게 알려주면 좋은 교육이 될 것이다.

〈가족 구성원으로서 자신감 회복하는 대화〉

아이들은 가족 안에서 자신이 하나의 가족 구성원으로서 인정받고 있다는 것을 깨닫게 되면서 자신감을 회복하게 될 것이다.

자신의 그림을 벽에 전시한다거나 손님이 왔을 때 신발을 정리하거나 차를 대접하는 것을 돕게 한 후 다음과 같이 말한다.

- "역시 우리 아이는 착해"
- "우리 00은 정말 대단해"
- "우리 00는 부지런하기도 하지"

너라면 할 수 있어

아이는 부모 마음대로 움직이는 인형이 아니다. 아이들은 성장하면서 수많은 변수가 생기면서 처음의 의도와는 전혀 다른 모습으로 성장하기도 한다.

부모의 관심이 때로는 아이들에게 부담이 될 수도 있다. 성공한 사람들 뒤에는 훌륭한 부모가 있는데 이들은 하나 같이 아이들이 하고 싶은 일을 잘 할 수 있도록 믿어주고 그 모습 그대로를 인정해주며 자기 존중감을 키워주었다고 한다.

내 아이가 잘할 수 있다는 긍정적인 생각을 가지고 어떤 일부분에 대해서 만족한 결과를 가져 왔을 때만 하는 칭찬이 아닌 끊임없이 결과에 상관없이 지속적인 격려를 통한 지지가 그만큼 중요하다는 것이다. 때로 아이들은 부모의 이러한 마음에 못을 박기도 하지만 지속적인 부모의 믿음은 결국 원래 상태로 돌아오게 하는 힘이 되었다는 것이다.

여기 단적인 예가 있다. "천재란 99%의 노력과 1%의 영감으로 만들어진다" 이것은 영국의 발명왕 에디슨이 노력의 의미를 강조하면서 하는 말이다.

미국의 발명가로 전구, 전신, 축음기 등 1,300여 가지의 물건을 발명한 에디슨은 오하이오 주의 밀란이라는 곳에서 태어났다.

그러한 에디슨은 어렸을 때 친구에게 하늘을 날게 해 준다며 거품이 나는 약품을 먹여 생명을 위급하게 하였으며, 거위 알을 품어 부화를 시키려 한 어릴 때의 일화로 유명하다. 어려서부터 엉뚱한 일을 일삼던 에디슨은 드디어 초등학교 시절 퇴학을 당한다. 학교에 불려간 에디슨의 어머니에게 에디슨의 담임선생님은 말한다.

"어머니, 애는 저능아라서 학교에서는 도저히 못 가르치겠어요. 애는 어머니가 집에서 가르치는 것이 좋겠어요" 에디슨의 어머니는 하늘이 무너지는 것

같았다. 그러나 정신을 차린 에디슨의 어머니는 에디슨에게 침착하게 말했다. "에디슨아 너는 호기심이 아주 많은 아이란다. 너는 그 호기심 때문에 너는 훌륭한 발명가가 될 수 있단다. 너라면 할 수 있단다. 엄마는 너를 사랑한다. 네가 자랑스럽다" 그러면서 꼭 껴안아 주었다.

에디슨은 수많은 실패를 했을 때 어머니의 이말을 기억하고 다시 일어나 도전하였다.

결국 어머니의 이 한 마디 말 때문에 에디슨의 일생은 변했다. 만약에 에디슨의 어머니가 "이 바보같은 녀석아. 엄마 속을 이렇게 썩일 수가 있니. 너 같은 녀석은 꼴도 보기 싫다" 고 에디슨을 혼냈다면 과연 발명왕 에디슨은 존재할 수 있었을까?

카네기의 책 <사람을 움직이다>에서는 칭찬이 아이의 꿈을 키우는데 얼마나 중요한지 다시 한 번 알 수 있게 해준다.

어떤 소년이 나폴리의 어느 공장에서 일하고 있었습니다. 그는 성악가를 꿈꾸었습니다. 그렇지만 그의 첫번째 선생님은 그를 낙담시켰습니다.
"너는 노래를 부를 수 없어"라고 단언했던 것입니다.
"바람이 불어 덧문이 삐걱거리며 내는 소리와 같구나"
선생님은 심지어 이런 말까지 했습니다. 하지만 그의 어머니는 그를 껴안고 칭찬했습니다.
"넌 노래 할 수 있어. 점점 더 잘하고 있잖아"
그녀의 칭찬의 말과 격려가 그의 인생을 바꾸었다. 그는 음악을 계속했다. 그녀는 그의 음악 서생님에게 지불할 돈을 벌기 위해서 맨발로 일했다.

이 이야기의 주인공인 소년은 세계최고의 가수라 불리는 '카루소'이다. 그가 가난에 꺾이지 않고, 혹독한 훈련에 무릎 꿇지 않았던 것 모두 어머니의 긍정적인 말 덕분에 자신감을 가지게 되었기 때문이다.

에디슨이나 카루소의 예를 보아서도 알 수 있는 것처럼 자신감이 아이를 얼마나 변화 시키는지 잘 보여주는 단적인 예다. 세치도 안 되는 이 혀로 우리가 단지 부모라는 이유로 아이들 에게 쉽게 내 뱉는 수많은 언어의 씨앗들이 아이에게 어떠한 영향력을 끼치는지 생각해보면 정말 섬뜩하기 까지 하다. 따라서 성공으로 가는 대화습관도 지속적인 연습을 통해 변화 할 필요가 있다.

〈잘못된 대화〉

- "뭐 하나라도 제대로 할 수 없겠니?"
- "안 봐도 뻔하다. 그럴 줄 알았어"
- "엄마가 그렇게 하지 말라고 했었지"
- "그럼 그렇지. 네가 하는 게 그렇지. 일 낼 줄 알았다"
- "넌 생각해 낸 것이 겨우 거기까지 밖에 안 되니?"
- "네 생각처럼 쉽게 되지는 않을 거다"
- "끝내지 못할 일은 시작도 하지 말아야지"
- "그럴 줄 알았다. 제대로 하는 게 없구나"

〈지혜로운 대화〉

- "엄마는 항상 너를 믿는단다"
- "네가 해내지 못했지만 노력했던 그 과정만으로도 정말 훌륭하다"
- "그러니까 넌 내 딸(아들)이지"
- "누구나 실수를 하기 마련이야"
- "처음이라 힘들었지만 몇 번 해보면 쉬워질 거야"
- "슬퍼 하지마. 엄마(아빠)가 여기 있잖아"

 너를 믿어

부모는 아이가 실수하거나 잘못하면 어른들의 입장에서 생각하기 때문에 아무 생각 없이 습관적으로 "너 왜 말을 안 들어 먹니?", "왜 그렇게 했느냐", "정말 짜증난다"등 아이 자존감을 무너뜨리며 꾸중하기 쉽다.

꾸중하는 것도 역시 칭찬하는 방법 못지않게 중요한 부분이다. 아이의 잘못된 행동에 대해서만 이야기를 해야 함에도 불구하고 의미 없는 인격적인 모욕감을 주는 경우가 너무 많다.

물론 그 잔소리와 비난은 아이가 좀 더 잘되길 바라는 마음에서 한 것이지만 듣는 아이의 눈높이에서는 그렇게 생각하지 않고 자신의 마음을 이해해주지 못하는 부모가 야속하게만 생각된다.

아이는 자기가 생각해서 자기중심적으로 생각하거나 잘못한 것이 없다고 생각하기 때문이다. 따라서 이러한 견해 차이를 줄이거나 공감대를 형성하는 것이 중요하다는 것이다.

- 〈쉰들러 리스트〉, 〈쥐라기 공원〉, 〈ET〉 등으로 아카데미상을 휩쓴 세계 적인 영화감독 스티븐 스필버그의 어린 시절은 지금으로서는 짐작도 못할 만 큼 형편없었다.

학교성적도 좋지 못했을 뿐더러 운동에도 소질이 없었다. 게다가 친구들로 부터 유대인이라고 놀림을 당했기 때문에 학교에 결석하는 일도 잦았다.

열등감에 사로잡힌 아이를 이해해 준 유일한 사람은 어머니였다.

스필버그의 방에는 항상 여러 마리의 새가 정신없이 날아다녔으며, 영화 필 름과 카메라들이 어지럽게 널려 있었다. 그러나 어머니는 그러한 아들을 한 번도 꾸짖은 적이 없었다. 오히려 방을 깨끗이 치우는 것이 아들의 창의력과 상상력에 방해가 된다고 생각해 일주일에 한 번씩 아들이 없는 시간에만 청소를 했다.

- 우리나라의 젊은 뮤직비디오 감독 정우형이 있다. 그는 현재까지 수십 편의 뮤직비디오를 연출한 유능한 감독이다. 그러나 그가 이렇게 젊은 나이에 성공할 수 있던 데에는 바로 선생님의 이해가 있었기 때문이다.

정씨는 고등학교 1학년 때부터 사진을 처음 배우게 되면서 사진에 관한 매뉴얼, 테크닉뿐만 아니라 사람의 얼굴을 통해 흘러나오는 감정의 표현 방식을 잡아내는 능력을 키웠다.

그는 차차 비디오 ENG 카메라로 촬영하는 법을 배우고 여러 프로덕션에 들어가 일을 터득한다.

결국 그는 공부하는 친구들과 달리 일을 하느라 자주 학교를 빠지게 되고 성적도 떨어졌다. 그러나 그때의 담임선생님께서는

"네가 무슨 일을 하더라도 네 마음속에 가진 심지는 변치 말아라" 라고 말해주었다. 그 이후 정씨는 더욱 좋은 영상을 만들기 위하여 노력하였고 그 결과 유능한 감독이 된 것이다.

스필버그의 성공 비결은 어머니의 지속적인 격려와 정신적 지원으로 성공하였다. 정우형 씨는 선생님의 격려가 있었기 때문에 성공했다고 할 수 있다.

만약 그 선생님께서 "넌 정말 문제아야!", "학교 한번만 빼지면 가만 안두겠어"라며 하고 싶은 일을 말렸다면 오늘의 정씨가 되지를 못했을 것이다. 결국 지금의 그가 서 있는 자리가 더욱 굳건해 진 이유에는 선생님의 따뜻한 격려가 있었기 때문이다.

〈아이가 실패하거나 좌절한 경우〉

부모가 무조건 비난할 것이 아니라 수용과 공감의 말을 한다면 아이는 자신의 행동을 수정해서 다시 도전하려는 힘을 얻게 될 것이다.

- "너 요즘 힘들지"
- "요즘 어깨가 많이 쳐져 있는데 무슨 이유라도 있니"
- "아빠가 무엇을 도와주면 좋을까?"

포기하지 마

아이들을 강하게 키운다는 것은 결국 불굴의 정신을 길러준다는 것이다. 자기가 세운 목표를 달성하기 위해서는 어떠한 상황이 와도 포기하지 말고 꾸준히 도전하도록 해야 함의 중요성을 알려주어야 한다.

따라서 아이가 어떤 것에 흥미를 느껴서 시작하려고한다면, 기회가 있을 때마다 끈기를 갖고 꾸준히 노력을 할 수 있도록 부모는 격려해야 한다.

아이들에게 노력을 통한 목표에 도달한다는 성취감은 결국 높은 자신감을 준다. 이렇게 쌓인 자신감은 기나긴 인생의 여정에서 어른이 되어서도 목표를 잃지 않는 자신있는 삶을 살게 해 준다.

> 고승덕 변호사에 대해서는 사람들이 어떤 직업을 가진 사람인지 의아한 사람이 많다. 그도 그럴 것이 고변호사는 어떤 때는 변호사로서, 어떤 때는 주식의 전문가로서 만나기 때문이다.
>
> 사람들은 그를 천재라고 한다. 잘은 모르겠으나 범재는 아닌 듯하다. 서울법대 재학 중에 사법시험에서 최연소로 합격하였으며, 외무고등고시에서는 차석, 행정고등고시에서는 수석으로 합격하여 고시3관왕이 되었다.
>
> 고변호사는 시대를 정확히 읽고 무엇이 시대를 주도할 것인가 즉, 트렌드를 정확히 분석하고 통찰하였다. 그래서 그는 사회의 주류를 이루는 트렌드를 예측하고 그 분야의 전문가가 된 것이다. 그는 법조인으로 만족하지 않고 증권이 사회의 관심사로 등장할 것이라는 예측과 함께 증권에 대해 깊이 파고들어 증권업계에서도 고수로 통한다.

고변호사는 자신의 성공요인을 "포기하지 않으면 불가능이란 없다"는 말로 대변하고 있다. 불가능이 발생하는 유일한 순간은 바로 포기하는 순간이라는 것이다. 그리고 그는 "절대로 자신을 남들보다 뛰어나다고 가정하지 말아야 한다"는 충고를 전한다. 이

말의 의미는 자신이 남들보다 뛰어나도 자만하지 말고 그들과 나의 능력은 동일하다고 생각하고 남들보다 더 노력해야만 그들을 앞서갈 수 있다는 것을 의미한다.

인디언들은 비가 오지 않아 가뭄이 들면 기우제를 지낸다고 한다. 그런데 인디언들이 기우제를 지내면 꼭 비가 온다고 한다. 왜 이런 현상이 일어날까? 이 질문에 아마 당신은 '지성이면 감천이다' 란 말처럼 뭐 열심히 공을 들여 기도를 하기 때문이라고 생각할 것이다. 인디언들의 풍속을 연구하는 학자들이 이를 연구했는데 어떤 특별한 초능력을 소유한 게 아니라 이들은 비가 올 때까지 기우제를 지낸다는 것이다. 말하자면 끝까지 해본다는 것이다.

결국 우리가 아이들에게 성공을 위해 줄 수 있는 것은 포기하지 않는 사람으로 만들어 주는 것이다. 인생이란 운동 경기와 비슷하다. 지다가도 이기는 것이 운동 경기이다. 운동 경기의 극적인 감동은 역전승의 기쁨이라 할 수 있다. 지고 있다고 포기하면 정말 이길 방법이 없다. 그러나 언제나 상황은 달라질 수 있다고 믿고 포기하지 않으면 뒤집어질 수도 있다.

결국 성공한 많은 사람들은 구체적인 목표를 가졌기 때문에 성공을 이룬 것이다. 따라서 목표설정과 포기하지 않는 태도는 꿈을 실현하는 밑거름이 됨을 아이에게 알려준다면 아이들은 포기하지 않는 삶을 살게 될 것이다.

〈희망을 주는 대화〉
- "그렇게 하기 싫을 때가 누구나 있단다"
- "너는 우리 가족의 희망이야. 용기 잃지 말고 기운 내!"
- "이전보다 그래도 훨씬 더 좋아 졌는데"
- "네가 해보고 싶었던 일을 했다는 것 만 으로도 정말 대단 한 거야"

한번 해봐

대화를 통해서 아이가 행동을 바꾸려는 마음을 결정하였을 때는 구체적인 실행 방법까지 함께 알려주어야 한다. 의외로 아이들은 마음의 결정을 하였어도 실행 방법을 모르기 때문에 뜸을 들이기 쉽다.

구체적인 실행에 옮기는 데는 실행에 옮기는 구체적인 방법을 알아야 한다. 따라서 부모는 아이가 결정한 마음을 행동으로 옮기기 위해서는 자세한 안내나 쉽게 실행하는 구체적인 방법을 알려주어 따르도록 하는 것이 좋다.

아이들은 "머리로는 알고 있지만 실행할 수가 없어요", "도저히 자신감을 가질 수 없어요. 불안합니다", "하고 싶은 것을 할 수 없습니다" 행동을 바꾸고 싶은 아이들의 공통된 고민이다.

머리로는 알고 있지만, 마음속 깊은 곳에서는 "그렇게 쉽지는 않을 텐데……. 어려울 것 같은데……" 하고 생각한다. 즉 머릿속에서 알고 있는 사실과 마음속으로 알고 있는 사실 사이에 차이가 있는 것이다. 이 차이가 문제이다.

그럼 이 차이가 생기는 원인은 무엇일까? 실천력을 발휘하지 못하는 원인의 대부분은 다음 네 가지로 요약된다.

① 관심도 없고 즐겁지도 않은 일을 하고 있다.
② 실패하지 않을까 하는 걱정과 불안을 안고 있다.
③ 자신감을 가질 수 없는 상황에 직면해 있다.
④ 본래 끝까지 해낼 끈기가 없다.

①은 눈앞의 것에서 목적의식을 발견할 수 없는 상태이다. ②는 앞으로 할 일에 대한 걱정과 불안, 두려움이 강한 상태로서, ③의 자신감을 갖지 못하는 원인이 된다. 그리고

의외로 가볍게 여기기 쉬운 것이 ④의 끈기가 없다는 점이다.

　이 네 가지를 해결하고 마음속 깊은 곳에서 생각하고 있는 것과 머릿속으로 이해하고 있는 것의 방향을 맞추면 실천력은 자연스럽게 생겨난다.

　대화를 통해서 예스라는 확답을 얻어내는 것은 쉽지 않을 수 있다. 그러나 더욱 어려운 것은 예스라는 응답에 대하여 실제로 행동으로 옮겨질 수 있도록 해야 한다. 애써서 예스라는 응답을 받아 놓은 상태에서 실제로 행동으로 옮겨지지 않는다면 수고를 한 것에 의미가 없다.
　따라서 아이들의 '예스'라는 동의를 받아내는 데 그치지 말고 실제 행동으로 옮겨질 수 있도록 촉구해야 한다.

잘 될거야

아이들은 부모가 자신의 마음을 알아주길 간절히 원하고 있다. 또한 부모는 아이들이 알아서 해주길 바란다. 그러다 보니 아이들과 부모는 항상 긴장과 대립이 보이기도 한다. 그러다 보니 어느 집이든 아침저녁으로 아이와 사소한 일 때문에 실랑이를 벌이는 일이 한두 가지가 아니다.

"애야 밥 좀 빨리 먹어", "숙제는 했니?", "일찍 좀 일어나라", "왜 그것은 안 먹니?", "텔레비전 좀 그만 봐라", "게임은 그만 좀 해라", "나쁜 친구 사귀지 마라", "학교 끝나면 바로 와라" 등 해야 할 잔소리가 너무 많다.

그러나 아무리 잔소리를 해도 아이는 혼나기 싫어서라도 스스로 해야 할 텐데 아이의 행동은 왜 바뀌지 않는다. 부모는 그냥 내버려둘 수 없어서 큰소리 치고, 매도 들어보지만 혹시 아이에게 좋지 않은 영향이 미치지 않을까 부모마음은 애가 탄다. 그렇다면 아이마음은 어떨까? 아이들은 부모의 잔소리를 너무나 싫어한다. 이 때 아이에게 필요한 건 잔소리가 아니라, 부모의 격려와 도움이다.

엄마가 잔소리가 많아서 대화를 하지 않으려고 마음먹은 아이가 상담한 내용이다.

깜빡 잇고 아침에 엄마한태 예기했어요. 친구를 만나러 가야 하기에 용돈 좀 달라고 하니까. 처음에는 "뭐 하러 가냐?"는 거에요. 그래서 친구를 만나러 간다고 하니까 "친구는 만나서 뭐하냐?"는 거에요.

그리고 용돈은 왜 벌써 다썼냐는 거에요" 막 잔소리하고 그 예기에 상관없는 뭐 예를 들면 "너희들 키우느라고 돈이 얼마나 많이 들어갔는줄 알아" 이런 식으로 예기를 하는 거예요 정말 짜증나요.

제 친구는 엄마한태 예기하다가 엄마가 마구 화를 내고 잔소리를 심하게 해서 잠도 못자기에 집에서 가출을 했는데요.

잔소리가 심해지면 아이들은 부모님의 말씀이 옳은 줄 알면서도 새겨들으려 하지 않는다. 오히려 엄마가 잔소리를 시작하면 아이들은 입을 다물고, 귀와 마음까지 닫아버린다. 심하면 반대로 더 심하게 행동을 하던지 말대꾸까지 하게 되면 엄마의 마음은 더욱 아프게 된다.

잔소리를 하고 싶은 것은 부모의 마음이다. 그러나 잔소리를 듣는 아이의 마음은 어떨까? 왜 마음의 문을 닫을까? 아이는 엄마가 자기를 사랑하기 때문에 그런 말을 한다는 것을 알지만, 잔소리는 아이에게는 너무 많은 무리한 요구이라는 인식을 가지기 쉽다. 몰라서 안하는 것이 아니라 재미없거나 필요성이 없다고 느끼기 때문이다.

실제로 잔소리는 자주 쓸데없이 자질구레한 말을 늘어놓음으로써 더 이상 들어야할 필요성을 느끼지 못하게 만들기도 한다. 따라서 이제부터 잔소리의 내용을 바꿔보면 어떨까? 지금까지 아이에게 "~해라" 또는 "~하지 마라"라고 하는 명령이나 경고 투의 잔소리를 해서 더 이상의 효과가 생기지 않았다면 대폭 대화법을 수정해야 한다.

아이들에게 방청소를 안해서 지저분한 아이들에게는 "청소안하면 가만두지 않을 거야"라고 하기 보다는 "넌 청소만 하면 우리 집안 식구들이 다 행복할거야", 주의가 산만하고 높은 곳에서 뛰어 내리는 아이에게 "너 가만히 안있어"라고 하기 보다는 "네가 높은 곳에서 뛰어 내리면 엄마가 네가 다칠까봐 너무 걱정이 된다. 그러니 남들을 위해서 가만히 좀 앉아 있으면 안되겠니"
공부하지 않는 아이에게 "공부해라"라고 하기 보다는 "걱정하지마! 조금만 공부하면 넌 잘 될거야"처럼 격려와 지지를 해주는 걱정하는 말로 하는 것이 좋다.

아이에게 상처를 주지 않는다

이야기를 하다 보면 아이를 비판하고 싶어질 때도 있지만 비판은 함부로 하기에는 부담스러운 대화이다. 부모의 진심어린 비판을 통해서 아이가 변화하기 때문이다. 그러나 비판은 아이가 열등한 위치에 있으며 자신의 일을 결정하는데 능력이 없다는 의미가 포함된다.

따라서 비판을 너무 쉽게 해버리면 아니는 자신의 무능력을 거론한 것 같아서 매우 불쾌해 질 수 있다. 따라서 비판은 웬만하면 하지 않는 것이 좋다. 그러나 비판도 사람을 변하게 하는 칭찬만큼 사람을 변하게 하는 중요한 기술이므로 잘만 사용하면 좋은 효과를 볼 수 있다.

아이가 아프지 않게 비판을 하려면 갑자기 비판을 하기 보다는 비판을 하기 전에 미리 비판의 방법이나 비판의 강도를 결정해야 한다. 만약 비판을 바로 하게 되거나 상황을 고려하지 않고 하게 되면 오히려 반발하게 된다.

따라서 효과적으로 비판을 하고 싶다면 아이의 상황을 예측하여 적절한 때와 장소를 미리 예고하고 개인적으로 비판하는 것이 좋다. 예를 들어 갑자기 여러 사람 앞에서 비판하게 되면 아이가 충격을 받거나 심하게 반발할 수 있다.

비판할 것이 있으면 둘러 대기보다는 구체적으로 비판하는 것이 좋다. 예를 들어 "너는 항상 왜 그러니" 라는 말보다는 "너는 엄마를 도와주기 위해 방 청소 좀 하면 안되니"라고 구체적으로 대화해주면 아이는 비판이라고 들리기보다 격려하는 마음으로 들릴 수 있다.

그리고 비판은 진지한 태도로 하되 너무 자주하거나 길게 비판하면 잔소리같이 들려서 오히려 효과가 떨어진다. 또한 비판을 할 때는 부정적인 단어는 피하고, 야단하거나 질책하지 말고, 객관적이고, 건설적으로 표현하는 것이 좋다

〈객관적이고 건설적으로 표현하는 방법〉

× "미쳤어", "융통성이 없어", "못된 놈", "제 멋대로야", "꽉 막혔어",
  "틀려먹었어"
○ "넌 다른 일은 잘하는데 청소만하면 더 멋있는 사람이 될거야"

아이가 부담없이 비판을 받아들이게 하려면 우선 아이에 대한 부모의 주관적인 정보보다는 객관적인 정보를 제공해야 한다. 아이는 객관적인 정보를 많이 제공할수록 자신의 잘못을 수정할 의사를 가지나 주관적인 정보를 제공할수록 반발을 하게 된다.

비판은 단순히 아이의 결함이나 잘못을 타이르는 것보다는 아이 자신이 부모가 제공한 정보를 바탕으로 스스로 판단할 수 있도록 해야 한다.

정보의 제공은 부모 자신이 결정할 수 있도록 어떤 사실에 대해서 지식을 제공해주는 것임에 비해 비판은 아이 스스로가 의사결정을 하는데 오히려 방해가 되는 것이다.

〈정보를 제공해주는 방법〉

× "넌 시간관념이 없어 그러니 고쳐야지 않겠어?"
○ "성공한 사람들은 시간 약속을 잘 지켜서 그런데 너도 시간 약속을 잘 지키려는 노력을 하면 어떨까?"

비판을 할 때는 어떤 행동에 대하여 바로 직접적인 표현을 하게 되면 아이는 자기 행동에 대하여 잘못을 인정하기 보다는 부모가 야속하다고 생각할 수 있다. 따라서 어느 정도 시간이 지나거나 간접적인 표현을 하는 것이 좋다.

× "넌 너무 성급한 것이 탈이야 바로 고칠 수 있지?"

○ "옆집 철수 알지. 너무 성급해서 항상 실수를 한데. 그래서 부모들이 마음이 많이 아픈가봐"

비판을 할 때는 문제 행동을 바로 말하지 말고 긍정적인 부분들을 칭찬하고 마지막에 비판을 하는 것이 좋다.

× "너는 친구들에게 말을 함부로 하는 경향이 있어. 고쳐 봐"

○ "너는 친구들을 아주 편하게 하는 재주를 가지고 있어. 그런데 말을 조금 생각하면서 하면 더욱 많은 친구들이 좋아할 거 같아"

강요나 지시하는 말보다는 선택할 수 있는 기회를 주는 것이 좋다.

× "이렇게 해" "이렇게 하는 것이 더 좋겠어"

○ "이런 것도 있고, 저런 것도 있는데 어떤 것이 더 좋니? 엄마가 보면 이런 것이 더 좋은 것 같아"

7장

좋은 인성을 갖게 하는 대화법

좋은 인성은 습관이다

지금 내 아이의 모든 언어습관과 행동습관은 부모교육의 결과라고 해도 과언이 아니다. 잔소리를 많이 듣고 자란 아이는 자발성이 없어진다는 것을 부모는 알면서도 아이의 못마땅한 행동을 볼 때마다 잔소리만 하게 된다. 그러나 잔소리를 하고 또 해도 바꿔지지 않는 아이의 문제행동을 보면 더 화가 난다. 참다 참다 터지면 더 크게 화를 내어 아이의 마음까지 깨트리게 됨을 반복하면서 점차 부모와 아이의 관계는 더욱 나빠지고 아이의 문제행동은 더 커져가면서 부모와 아이 모두 분노와 미움으로 상처를 받아 마음상태가 더 나빠져 간다.

이런 경우에는 아이가 왜 그런 행동을 했는지 마음 상태를 공감해 주기 위한 효과적인 대화 한마디도 없이 잘못된 일방적인 부모 대화의 결과이다. 경우에 따라서는 부부싸움을 하고 났거나 개인적으로 자신의 감정 조절이 되지 않을 때 평소에 대수롭지 않게 넘어갈 수 있는 아이의 행동에 대신 화풀이라도 하듯 민감하게 반응하여 괜한 언성을 높여가며 지혜롭지 못한 행동들로 아이들의 마음을 다치게 하는 부모들이 너무 많다.

우리가 부모라는 이유로 실수를 하는 것은 이뿐이 아니다. 부모 자신이 변화하기 어려운 묵은 행동들에 대해 아이에게는 변화를 강요하거나 집착하고 있다는 것이다. 예를 들면 아이가 자신감이 없거나 발표력이 부족하고 내성적인 여러 가지 행동들이 나타나면 부모의 유전적인 기질에 대한 이해는 뒤로 하고 아이에게 지적과 훈계로 그런 행동이 변화하기만 바라고 있다는 것이다.

자기 아이들의 모든 부분에 대하여 마음에 들어 하지는 않을 것이다. 누구나 단점을 가지고 있기 때문에 나쁜 행동이나 습관이 나타나는 것은 당연하다. 진정으로 아이의 문제행동이 무엇이며 어떠한 방법으로 아이와 진술한 커뮤니케이션을 통해 좋지 않은 행동과 습관들을 단절시킬 것인가 부모는 끊임없이 고민하고 배워야 한다.

아이들이 하는 문제 행동을 보면 다음과 같다.

〈아이들이 하는 문제 행동〉

· 때를 쓴다.
· 울음으로 모든 것을 표현한다.
· 침착성이 부족하다.
· 참을성이 없이 금방 자리를 뜬다.
· 뛰어 돌아다닌다.
· 지긋이 앉아있지 못하고 금방 자리를 뜬다.
· 아무 것도 하지 않은 채 멍하니 돌아다닌다.
· 높은 곳에 올라가 뛰어내린다.
· 자주 소리를 지른다.
· 정신이 산만하며 집중력이 없다.
· 놀이방식이 패턴화 되어 있어 변화나 발전이 없다.
· 창이나 문이 조금만 열려있어도 돌아다니며 모두 닫아버린다.
· 블록이나 장난감 자동차 등을 늘어놓는다.
· 타인이나 자신에게 상처나 해가 되는 행동으로 때리고, 물고, 차고, 민다.
· 성질을 부리고, 욕설을 한다.
· 물건을 부수거나 던지는 것과 같은 행동들이 모두 포함된다.

우리 속담에 "세살 버릇 여든 간다"라는 말이 있다. 이 속담은 나쁜 버릇은 고치기 어려우니, 처음부터 버릇을 잘 들여야 한다는 뜻이다. 그런데 습관이나 버릇을 고치는 데 왜 3세부터를 이야기 할까?

아이가 감정을 배울 수 있는 결정적 시기는 만 3세까지인데 이 시기에는 변연계(정서를 담당하는 뇌 영역)의 신경회로가 급속히 발달한다. 따라서 그 이전까지는 아이들이 아무리 지적해도 그것이 무엇인지를 잘 모른다는 것이다.

즉 아이가 만 3세가 되기 전에는 아이 뜻대로 하도록 최대한 배려를 하고, 잘못한 행동을 하더라도 못 본 척하고 눈감아 주는 게 최선이다. 이런 정서 발달의 중요한 시기에 심하게 야단을 맞거나 학대를 당한 아이들은 변연계가 손상돼 성인이 된 후에도 사회에 적응을 못한다는 연구결과가 있다. 폭력적이고 사회성이 떨어지는 문제아 대부분이 어린 시절 엄마가 소리를 지르고 때리는 행동을 많이 보여 주었다는 조사 결과도 있다.

따라서 3세 이후부터 부모는 아이들의 습관이나 버릇을 고쳐줄 필요가 있다. 그러나 아이의 행동을 바로 잡기 위해서 잘못하게 되면 아이가 나쁜 뜻으로 한 행동이 아닌데 아이 고집을 자꾸 꺾으면 주눅이 들어서 소심하고 복종적인 아이가 되기 쉽다. 때론 떼가 더 심해지기도 한다.

3세부터 5세까지는 아이의 나쁜 버릇이나 습관을 고치는 방법은 부모의 인내력을 바탕으로 아이들의 자존심을 다치지 않도록 대화하는 수밖에는 없다. 특히 위험하거나 잘못된 행동을 할 땐 결과를 알려주면서 왜 그런 행동을 하지 말아야 하는지 대화로 설명해주는 것이 좋다. 이시기에는 오히려 아이를 잘못 혼내면 성격이 비뚤어진 아이로 자랄 수 있다.

대화로 적절히 혼내는 것이 효과적일 때는 아이가 자기 행동의 잘잘못을 따질 줄 알게 되는 만 6, 7세경부터다. 이땐 아이에게 불이익을 주는 방식으로 벌을 주는 게 효과적이다. 벌은 손을 들게 하던지, 청소를 하게 하던지, 심부름을 시키는 것으로 줄 수 있다.

아이에게 존댓말을 쓴다

부모는 아이의 거울이다. 부모의 가치나 목적, 성실한 삶의 모습은 아이의 역할 모델이 된다. 그래서 부모가 아이에게 존댓말을 사용하면 아이도 저절로 따라하게 마련이다. 그러나 부모가 아이에게 존댓말을 사용하기란 그리 쉬운 일이 아니다. 그렇다고 해서 어려운 일도 아니다.

우선 아이가 말을 배울 때가 되면 부모는 아이와 대화를 할 때 존댓말을 사용함으로써 아이에게 본보기가 되어야 한다. 또한 아이를 자신의 소유물이 아닌 하나의 인격체로 보고 아이를 존중해주는 차원에서도 좋은 방법이라고 할 수 있다. 존댓말 가르치기에 실패하는 부모님들을 보며 부모는 반말을 하면서 아이에게는 존댓말을 사용 하라고 강요하기 때문인 경우가 많다.

말은 모방에서 시작된다. 부모에게서 배운 존댓말은 아이가 어느 누구에게든지 예의 바른 행동을 하게 되고 다른 사람을 존중할 수 있게 된다. 인간관계를 잘 맺기 위해서는 자신이 책임지고 있는 상대방을 존중할 줄 알아야 한다.

아이에게 존댓말 하는 습관을 통해서 타인을 존중할 수 있는 능력을 기른다. 그렇기 위해서는 부모가 먼저 아이들에게 존댓말을 사용함으로써 아이들이 듣고 따라하는 방법을 통해서 존댓말을 습관화하게 한다.

어른들의 말하기 습관이 좋지 않거나 집안의 대화 습관이 좋지 못하면 아이의 말하기 습관도 나빠지는 것은 당연하다. 문제는 말하기 습관은 어려서 잘못 들여놓으면 다 자란 다음에는 잘 고쳐지지 않는다. 따라서 아예 말을 배울 때부터 존댓말을 제대로 사용하도록 지도하는 것이 좋다.

어려서부터 존댓말을 사용하는 습관을 들이면 성인이 된 후 자연스럽게 존댓말을 사용할 수 있게 되어 결국은 사람들이 좋아하는 사람이 될 수 있다. 부모들이 아이에게 돈을 들여 피아노, 미술, 수학, 국어 등 여러 학원에 보내 고 공부도 열심히 시키는 이유는 아이가 자란 후 훌륭한 사회인으로 인정받도록 하기 위해서일 것이다. 그러나 앞으로는 말 습관이 바르지 못하면 아무리 성적이 좋고 재능이 많은 사람도 존경받기 가 어렵다.

자신의 선택에 책임지게 한다

아이들의 행동에 있어서 실수하는 것은 있을 수 있다. 하지만 거기에는 반드시 책임져야 할 결과가 있다는 것을 가르쳐 주어야 한다. 이것이 부모가 아이를 훈련할 때 쓸 수 있는 강력한 무기이다.

아이로 하여금 그들의 행동에 대한 결과를 책임지게 하는 것은 부모로서 정말로 하기 힘든 결정 중 하나다. 그러나 논리적으로 아이의 연령에 감당할 만한 결과를 경험케 하고 책임지게 하는 것은 아이 양육문제의 많은 경우에 있어서 좋은 해결방안이라고 전문가 들은 말한다.

부모만 의지하는 나약한 아이로 만들지 말아야 한다. 본능적으로 부모는 아이를 불행으로부터 보호하고자 한다. 그렇다고 아이의 속도위반 티켓을 대신 내주고, 계속해서 덤벙대며 학교 준비물을 잃어버리는 아이에게 학교까지 갖다 주는 것이 앞으로 험악하고 거친 현실세계를 헤쳐 나가야 할 아이를 진정으로 준비하게 하고 위하는 것일까?
차라리 건망증에 대한 결과를 맛보게 하는 것이 아이 스스로가 책임감을 느끼고 주변을 정리케 하는데 도움을 줄 것이다. 어떤 행동이 허용되고 또 나쁜 행실의 결과는 무엇인지 아이가 분명하게 이해해야 한다.

항상 기억해야 할 것은 어떤 일이 부모에게는 수긍이 가는 일이라고 아이도 당연히 수긍할 것이라고 생각하는 것은 옳지 못하며, 부모가 취한 반응에 대해 아이의 마음속에 의문점이 남아있지 않게 하는 것 또한 중요하다.
어떤 한 아이의 엄마는 아이의 행동에 대한 결과를 미리 생각하여 두었다가 적절하게 반응할 준비를 해둔다고 한다. 그래서 여러 대안을 생각해 두었다가 문제 발생 시 아이와 정면충돌을 피할 수 있다.
만약 아이가 선택의 자유와 함께 자신의 행동에 대한 결과를 인식하며 그것으로부터

뭔가를 배우며 성장한다면, 굳건한 기반 위에 실 수 있을 것이다

아이를 책임감 있게 키우는데 6가지 원칙이 있다.

첫째, 한계를 정해준다. 해서는 되는 일과 해도 좋다는 일을 구별할 수 있도록 제안을 둔다.

둘째, 주어진 한계 안에서 선택과 자유를 준다.

셋째, 선택한 행동의 결과를 예측하고 수용하도록 한다. 때로는 절절한 선택이 아니라는 생각이 들어도 선택에 따른 결과가 어떨지 예측하고 큰 무리가 없다면 아이가 선택한 행동의 결과를 그대로 받아들이는 경험과 자세가 필요하다.

넷째, 아이와 토론의 시간과 장소를 제공한다. 능력이 있는 아이는 무조건 그래야 한다는 설명보다는 한계에 대한 정확한 이유를 이해할 때 행동으로 옮길 수 있다.

다섯째, 부모가 규칙을 준수하고 질서를 지키는 일에 모범을 보여야 한다.

〈아이들과의 작은 만남 : 욕실 대화법〉

아이들과 정기적으로 사적인 이야기를 나눈다. 아이들과 목욕을 하면서 자연스럽게 시작해 보자. 대화를 하는 목적은 세 가지이다.

① 아이들 각자의 재능에 대해서 이야기하고 개성을 강화한다.
- "이번에 과학그림대회에서 1등 했잖아. 아무래도 우리 00은 그림에 소질이 있는 것 같더라"
- "우리 00은 뭐 할 때 제일 즐겁니 ? 엄마는 요리할 때 가 제일 행복하던데"

② 아이들이 월간·주간 목표에 대해서 이야기할 수 있는 환경을 만들어 준다.
- "아빠는 이 번 달을 생각해 보니 계획 했던 대로 못한 게 많구나. 넌 이 번 달에 계획 했던 일은 어때?"

- "엄마는 이 번 주 1kg 체중감량 목표였는데 남은 시간동안 더 열심히 해야 될 것 같아. 우리 딸은 이 번 주 세운 계획들 잘 되어 가고 있니?"

③ 아이들 스스로 자신의 문제점과 개선할 점을 찾게 한다.
- ① ② 대화를 통해서 자연스럽게 자신이 해야 할 일을 스스로 느끼게 할 수 있다.

아이가 자기 문제를 얼마나 빨리 말하느냐는, 부모가 어떻게 일깨워주느냐에 달려 있다. 일단 아이가 자신의 문제점을 확인하면, 아이 스스로 그것을 변화시키는 것을 목표로 삼고 고칠 수 있도록 도와준다.

매주 또는 한 달에 한 번 진행되는 대화를 통해 아이가 고치려고 노력중인 문제를 자주 상기시켜 준다. 또 여러 가지 좋은 점도 함께 말해 주어 아이가 자신감을 잃지 않도록 해준다.

식사나 가족회의를 할 때 누가 어떤 문제를 고치기로 결심했는지 말하게 한다. 그러면 다른 사람들은 아이를 격려하고 칭찬해 주고, 돕겠다고 약속해서 용기를 북돋아준다. 그러다보면 자연스럽게 책임감은 스스로 일깨워 지게 된다.

원인을 파악한다

아이들의 문제행동이 발생하는 원인으로는 수많은 연구결과에서도 나타났듯이 낮은 자아개념, 가정에서의 아동학대, 개인적인 성격장애, 극도의 가난, 언어폭력, 성격장애, 태아상태에서의 알콜 증후군, 성취에 대한 의욕상실증, 애정결핍으로 인한 집착적 성격, 심리적 불안증세, 희망의 상실, TV 폭력에 의한 피해, 부모의 부정적인 역할모델 등이 있다.

위에서 제시한 아이들에게 나타나는 문제 행동의 원인들은 다음과 같이 세 가지로 나눌 수 있다.

1) 아이 자신에게 원인이 있는 경우

아이 자신에게 신체적으로 결함이 있다거나 정신 발달이 타 아이에 비해 뒤떨어질 때 나타나는 행동이다. 즉, 심리학적 요인에 의해 생겨나는 것이다.

2) 아이의 환경이 부적당한 경우

아의의 문제행동이 환경적인 요인으로 발생하는 경우를 말한다. 가정 내에서의 행동지도는 주로 이 문제에 초점이 맞추어져 있다.

3) 부모의 인격과 지도상에 결함으로 인한 경우

부모의 인격과 지도상에 결함으로 인항 경우는 상당히 문제가 되는데 실지로 지도를 해야 하는 부모가 문제가 있으므로 제대로 아이들의 문제를 가려내고 지도하기가 상당히 어려워진다. 그래서 부모는 이런 문제에서 벗어나기 위해서 끊임없이 자신의 문제해결 접근방식을 평가해야 한다. 이외에도 개개인에 따라서 다양한 원인들이 존재할 수 있다.

결국 어떤 이유이든 아이들이 하는 문제 행동에는 분명히 원인이 있으며, 자신의 욕구가 채워지지 않기 때문에 그 욕구를 채우기 위한 욕구 불만을 가지고 있다는 신호이다. 그럼에도 불구하고 엄마를 비롯해서 주면 어른들이 아이의 욕구가 무엇인지 관심을 가져주기는 커녕 오히려 혼내기만 한다면 아이들은 비뚤어 질수밖에 없다.

따라서 아이의 잘못을 지적하기 전에 "아이가 가지고 있는 욕구는 무엇인지?", "무엇 때문에 그러는 것인지?", "어떻게 하면 해결될 수 있나?"를 대화를 통해서 풀어 간다면 오히려 쉽게 문제 행동을 줄이거나 습관을 바꾸어 갈 수 있다.

다시 말해서 아이는 주변 사람들의 관심을 받고 싶은 욕구와 따뜻한 사랑을 받고 싶은 욕구를 많이 가지고 있기 때문에 사랑 받고 싶다는 표현을 울음이나 다른 과격한 행동으로 나타낼 수 있다. 그러나 이럴 때일수록 야단치거나 체벌로서 다스리려고 하니 아이의 행동은 더욱 과격해 질 수 밖에 없다.

아이가 진정으로 원하는 것을 주지 않는 가운데 이루어지는 부모의 체벌은 더욱 문제를 확대시킬 뿐 아무 도움이 되지 않는다. 이처럼 아이의 문제 행동에 대하여 폭력적인 언어나 체벌을 한다면 아이는 부모로 부터 다시 폭력을 당하거나, 버림을 받을지 모른다는 불안감에서 더욱 과격한 행동을 할 수 있다.

실제로 고집을 피워서 일을 엉망으로 만들거나 막무가내로 떼를 부리는 아이에게 타일러도 보고 겁을 주기도 했지만 뜻대로 되질 않았다. 급기야 부모는 제 감정에 못 이겨 아이의 엉덩이를 때렸다. 하지만 아이를 때리고 혼낼수록 잘못이 고쳐지기는커녕 더 심해진다는 사실만 깨닫게 됐다.

결국 부모는 입장을 바꾸어서 자신들이 원하는 기준을 일방적으로 강요하지 않기로 마음을 바꾸고 대화를 통해서 아이의 행동을 바꾸기로 하였다. 그 결과 집안은 훨씬 조용해졌다.

즉 문제 행동이 나타나기 시작하면 아이를 무조건 혼내거나 행동을 고치기 위해서 무리하게 대하지 말고 아이를 격려하고 되도록이면 많이 보듬어주는 것이 좋다. 어떤 때는 계속 문제 행동을 하게 되면 차라리 모른 척 무관심하는 것이 효과일 적일 때가 있다. 그러면 아이들은 부모의 행동에 대해 이해가 안되어 자신의 행동에 대하여 생각을 하게 된다. "왜 나에게 관심이 없을까?", "어떻게 하면 나에게 관심을 가질 것인가?"를 고민하게 되고 결국 부모가 원하는 행동으로 나타날 수 있다.

이러한 아이 양육방법은 늘 야단쳤던 부모들에게는 생각보다 힘이 든다. 화가 머리끝까지 참는다는 것은 쉽지 않기 때문이다. 그리고 아이를 자주 안아주었다고 해서 금방 달라지지는 않는다. 지속적으로 포기하기 말고 인내로서 해 나나가야만 아이가 조금씩 달라지기 때문이다.

무조건 부모에게만 노력하라는 게 어디 있느냐고 불평하는 부모도 있을 것이다. 하지만 평생 그러라는 건 아니다. 인생에서 중요한 아이기와 청소년기는 한때다. 이 혼란스러운 시기만 잘 지나면 되니까 그때까지만 참아달라는 것이다.

정확하게 표현하게 한다

아이들의 문제행동을 고치기 위해서는 원인을 알고 그에 따라 사랑으로 보살피는 것이었다. 그러나 이러한 해결 방법은 너무 힘들다는 것을 알 수 있었다. 결국은 많은 문제는 대화로 풀어야 할 때가 더 많다. 그러나 대화로 풀기 위해서도 나름대로의 원리가 있다.

아이들의 문제 행동을 바꾸기 위하여 문제행동을 지적하려면 직접적이고 구체적으로 지적해야 한다. 아이들은 발달 단계상 구체적인 것 밖에는 잘 모른다. 구체적이라는 것은 사물을 직접 경험하거나 지각할 수 있도록 말해야 한다는 것이다.

즉 눈으로 볼 수 있거나 만질 수 있는 것을 말한다. 따라서 아이들에게 문제 행동을 직접적으로 지적하기 어렵다고 해서 간접적으로 지적하기 위하여 은유법을 쓰거나 상징물을 써서 이해시키려고 하면 오히려 아이들은 혼란스러워한다.
따라서 아이들의 행동을 지적하려면 애매하게 지적해서 깨닫게 하려는 생각을 버려야 한다.

오히려 구체적이지 않은 모호한 표현은 설득력을 떨어뜨릴 뿐만 아니라 아이가 해야 할 행동을 결정할 때 혼란스럽기 때문에 단호한 표현을 하는 것이 좋다.
대표적인 모호한 표현과 단호한 표현에 대해 먼저 살펴보면 다음과 같은 차이를 알 수 있다.

<표-2> 모호한 표현과 단호한 표현

모호한 표현	단호한 표현
"너 똑바로 해!"	"집에 와서는 복습을 해야 해"

"너 문제가 많구나?"	"넌 물건을 자주 잃어 버리는 게 단점이야"
"너 어른이 말하는데 듣는 태도가 그게 뭐니"	"너 어른이 말할 때는 바로 앉아서 들어야 하는 거야"
"네 참 지저분하구나"	"방청소는 잘해야지"
"말 좀 들어 먹어라"	"집에 오면 책 좀 읽어"
"너 알아서 안하면 안되"	"엄마가 부탁하면 심부름을 다녀와야지"
"제발 부탁인데 말 좀 들어라"	"밥 먹을 때는 입을 다물고 먹어야지"
"꼭 그래야 겠어?"	"동생하고 싸우지마라"

아이가 부모에게 "똑바로 해!"라는 말을 들었다고 가정해 보자. 아이는 무엇을 어떻게 해야 똑바로 하는 것인지에 대해 도대체 알 수가 없다.

아이가 받아들인 것은 단지 그 말을 들었을 때의 분위기와 억양과 태도에 따른 느낌뿐일 것이다. 따라서 아이는 부모가 한말에 대해서 똑바로 이해하지를 못하기 때문에 스스로의 잘못을 깨닫지 못한 채 여전히 잘못된 행동을 하게 된다.

부모와의 약속을 잘 지키지 않는 아이가 있다고 가정해 보자. 부모는 그런 아이 때문에 여간 신경이 쓰이는 게 아니다.

오늘도 약속을 안 지키는 아이에게 엄마는 이렇게 말했다. "너 오늘도 약속을 안 지키면 좋지 않아" 약속을 잘 안 지키는 아이에게 "좋지 않아"라는 말은 모호하다. "좋지 않아"라는 것은 단지 좋지 않다는 생각을 말하는 건지, 혹은 약속을 안지키면 매를 맞는다는 건지?, 밥을 굶긴다는 건지? 헷갈리게 된다. 그러다 아이는 자기가 생각하고 싶은 대로 하게 된다.

따라서 아이가 약속을 지키지 않으면 어떻게 된다는 것을 알려서 약속을 지키지 않는 행동을 하지 못하게 하려면 분명한 표현으로 "약속을 지키지 않으면 밥을 굶길 거야. 네가 약속을 지킬 때까지 말이야" 라고 말해야 한다.

이렇게 하면 아이도 약속을 지키지 않으면 어떻게 되는지 올바른 선택에 필요한 정보를 얻게 되고, 아이에게 무엇을 기대하고 요구하는지 확실히 알게 된다. 따라서 아이들의 잘못을 지적하여 행동을 고치게 하려면 모호한 표현보다는 단호하고 구체적인 표현을 해야 한다.

긍정적인 방향을 제시한다

아이들은 자신의 행동이 부모에게 지적을 받게 되면 자신이 부모의 기대를 채워주지 못하고 있다거나, 아니면 스스로 부족하고, 아직 미숙하다고 느끼게 된다.

이런 감정이 지속되면 아이들은 자신감을 잃게 되거나 좌절에 빠지기 쉽다. 부정적인 메시지에 따라 아이가 받게 될 느낌을 보면 다음과 같다.

<표-3> 부정적인 메시지에 따라 아이가 받게 될 느낌

	부정적인 메시지의 사례	아이가 받는 느낌
강요, 지시, 명령하는 말투	"야! 이것 좀 치워" "오늘 오후까지 반드시 이걸 다 해야 해"	저항감, 적개심 유발, 친밀감 상실
경고 위협하는 말투	"너 말대로 하는 게 좋을 걸. 안그러면, 너에게 별로 좋지 않을 거야" "너, 그 따위 행동 다시 한 번 해봐"	창피함, 당혹감, 저항감
당부, 설교, 도덕적 행동을 요구하는 말투	"너도 이제 다 컸으니, 자기가 맡은 일은 스스로 해야지"	도전, 분노, 수치심, 모욕감
충고, 설득하는 말투	"그런 일은 부모와 의논해야 되는 거 아니야"	수치심, 모욕감
심리분석의 말투	"네가 그럼 그렇지. 그럴 줄 알았다니까" "너 지금까지 놀고 있었지", "집에서도 형편없지"	창피함, 수치심, 사기 저하, 모욕감
평가, 비판, 우롱하는 말투	"아직 많이 배워야 겠구나", "그 정도 밖에는 안되니?"	반항심, 자존심 손상, 자기비하적, 자신감 상실

둘러대거나 관심을 전환시키는 말투	"자넨 몰라도 돼", "그럴 일이 좀 있어"	불신감
비교하는 말투	"다른 사람은 잘하는데 왜 자넨 그 모양이야"	수치심, 부끄러움, 시기심 유발

아이에게 주는 부정적인 대화는 아이의 기분을 상하게 할뿐만 아니라 창피함, 수치심, 사기 저하, 모욕감, 당혹감, 심지어는 분노나 모욕감까지 느낀다는 것이다. 결국 부모의 부정적인 대화는 자신의 잘못된 행동을 바로 잡으려는 노력으로 보지 않고 인격적 공격으로 받아들인다.

또한 비난하는 말과 같은 부정적인 말을 자주 남들에게도 상처 주는 말을 해도 무방하다는 그릇된 관념을 아이에게 심어주게 된다. 따라서 아이의 부정적인 면에만 너무 초점을 맞추어서 감정적인 표현을 해서는 안 된다. 따라서 비난하는 말보다는 긍정적인 방향을 제시하여 행동의 변화를 요구해야 한다.

존 그레이의 <화성남자와 금성여자의 아이를 현명하게 키우는 비결>에서 부정적인 메시지를 긍정적인 방향으로 제시하는 표현들을 보면 다음과 같다.

<표-4> 부정적인 메시지를 긍정적인 방향으로 제시하는 표현

부정적인 메시지	부정적인 지휘	긍정적인 지휘
여동생을 때리지 마라.	네가 여동생을 때리지 않기를 바란다.	네가 여동생과 사이좋게 지내기를 바란다.
떠들지 마라	네가 떠들지 않기를 바란다	네가 지금 조용하기를 바란다.
빈둥거리지 말고 방을 치워라	네가 빈둥거리지 말고 방을 치웠으면 한다.	네가 바로 지금 방을 치우기를 원한다.

그런 식으로 말하지 마라	네가 그런 식으로 말하지 않았으면 한다.	네가 좀 더 남을 존중하고 바른 말을 썼으면 한다.
지금 당장 웃옷을 입어라	네가 엄마한테 대들지 않았으면 좋겠다.	네가 엄마 말을 잘 따랐으면 한다. 웃옷을 입어라.
엄마 말을 듣는 게 좋을 거다.	네가 카드놀이를 그만하고 이 닦으러 가기를 원한다.	네가 지금 바로 이 닦으러 가기를 원한다.

보는 바와 같이 부정적인 말은 협조가 아닌 저항을 불러일으키고, 아이의 사기를 떨어뜨려 바람직한 행동으로 이끌어 가지 못한다.

그와 반대로 긍정적이고 격려를 해주는 말은 매우 효과적이며, 아이의 기분을 좋게 만든다. 또한 아이에게 자신감과 자존감을 느끼게 하여 스스로 힘든 일과 문제를 해결하려는 마음이 들게 만든다.

화내지 않는다

아이에게 행동의 변화를 지시할 때 표현 못지않게 목소리 톤도 중요하다. 아이의 문제 행동을 보고 부모가 격앙된 목소리, 짜증이 섞였거나 화난 목소리로 말을 하게 되면 아이들은 자신의 행동이 잘못되었다고 느끼기 이전에 자신의 행동과는 관계없이 화를 내는 것으로 오해하기 쉽다. 그러면 아이들은 자신의 잘못을 뉘우치기 보다는 반항을 하거나 마음을 다치기 쉽다.

특히 아이의 잘못된 행동을 지적하고 훈계를 해야 할 때 가장 치명적인 것은 부모가 쉽게 흥분하거나 자신의 감정을 조절하지 못하는 경우다. 흥분 잘하는 부모일수록 아이들은 "또 시작이네 이번에는 몇 분만 참으면 될까?", "어휴 지겨워 저 소리" 라며 진저리를 친다.

오히려 이러한 대화에서는 아이가 차분히 들어 주는 것이 아니라 "내가 뭘 잘못했다고 그래요?", "왜 매일 소리 지르고 그래요?", "다른 애들도 다 그런단 말예요. 왜 나만 가지고 그래요?"라고 반항하는 경우도 발생하게 된다.

특히 남들 앞에서 아이를 지적하는 것은 더 큰 반항을 가져올 수 있으므로 아이의 상황을 배려하면서 주의를 주어야 한다.

아이들의 행동이 잘못되어서 대화의 주도권을 잡고 지적하고 싶다면 절대로 흥분하지 말아야 한다. 부모의 갑작스런 흥분은 아이에게도 적응이 되지 않아 충격을 주게 된다.

따라서 부모는 차분하게 자신의 감정을 잘 조절하며, 이성적인 판단을 흐리지 않도록 말해야 한다. 아이를 잘 타이르려면 먼저 부모가 차분하게 아이를 배려하는 투로 말하는 모범을 보여야 한다.

주변에서 쉽게 일어날 수 있는 일을 예로 들어보자. 종종 식당을 가면 아이들과 함께 온 부모들이 있다. 아이들은 부모와 아랑곳하지 않고 뛰어다니거나 장난을 치기 쉽다. 그러면 주변에 있는 손님들은 불쾌감을 느끼거나 부모를 탓하게 된다. 그러면 부모는 기겁을 하고 달려와 아이에게 "그게 무슨 짓이야? 왜 그렇게 정신 못차리는 거야?"라며 소리친다. 부모는 아이를 엄한 눈으로 쏘아보며, "또 한번 그러면 가만 안 둘거야 알았지?", "너 집에 가서 봐!"라고 말한다.

이와 같은 상황에서 아이는 부모가 한말의 의미를 자신이 식당을 뛰어 다닌 것이 잘못되어 화났다는 사실을 알았을 뿐이다. 스스로의 잘못을 깨닫지 못한 아이는 그 행동을 되풀이할 것이고, 부모는 더 심하게 화를 낼 것이다.

그러나 화가 엄청 나겠지만 최대한 부드럽게 "아저씨들이 불편해 하시잖아. 그리고 아빠는 그러다 넘어지면 많이 다칠까봐 걱정이 되. 그러니 내 옆에 가만히 앉아 있는게 좋겠어"라고 말한다면 아이는 부모의 말을 부모의 태도나 감정이 아니라, 아이를 걱정하고 있다는 것을 알게 되어 스스로의 잘못을 깨닫게 된다.

부모가 아이의 행동을 지적하는 일은 부모나 아이 모두에게 부담되는 일이다. 부모는 아이에게 부정적인 이야기를 해야 한다는 부담감이 있고, 아이는 부모에게 잔소리를 듣게 되기 때문이다. 그러나 이러한 부담감 때문에 해야 할 지적을 하지 않는 것은 오히려 더 큰 문제를 가져온다.

그래서 아이에게 주의 주기는 해야 하지만 너무 자주하는 것은 좋지 않을 뿐더러 하더라도 한 번에 효과를 봐야 한다. 그러기 위해서는 지적하는 부모의 말투에는 아이가 말을 들어야 한다는 단호하고 확고한 기대가 배어 있어야 한다. 또한 전달하는 최상의 방법은 목소리로 차분하게 말하여 아이에게 하는 말이 진심이라는 것을 보여주어야 한다.

길게 말하지 말고 핵심만 말한다

아이가 부모의 말에 주의 깊게 집중해서 들어 주는 시간은 예상 외로 짧다. 일반적으로 3분이면 부모의 말에 대해서 아이들은 지루해 한다. 따라서 부모는 3분 안에 서론-본론-결론이 다 나야 한다. 주어진 3분 안에 아이와의 대화를 효율적으로 하기 위해서는 대화 내용의 핵심이 무엇인지, 그것을 이해시키기 위해 어떻게 표현하는 것이 좋은지를 알아야 한다.

아이에게 이야기 할 때 대화 내용의 핵심만 이야기 하는 게 아니라 길게 뜸을 들이면서 대화를 한다면 듣는 아이가 매우 지겨워 할 것이고, 잔소리로 듣게 되어 오히려 역효과가 나기 쉽다.

부모도 길게 말하게 되면 자기가 이야기 하는 것의 주제를 놓쳐버릴 가능성이 높다. 내가 아는 어떤 분은 딸과 아들 남매를 두었는데, 두 아이가 그렇게 자주 싸운다고 한다. 그런데 언젠가부터 엄마의 말 한마디면 투닥투닥 거리던 아이들이 저절로 싸움을 그치고 스스로 화를 푼다고 한다. 그 비결이 궁금해서 물어봤다.

이전까지 두 아이들이 싸우면 "왜! 싸우냐?"부터 "형제끼리 싸우면 안된다"라는 일장 훈시까지 했다는 것이다. 그랬지만 아이들의 싸움은 멈추지 않았고, 큰 효과도 보지 못했다고 한다. 그래서 말하는 방법을 구구절절하고 자세하게 말한다고 해서 아이들이 반응하는 것이 아니라 핵심적으로 말하는 것이 좋다고 생각했어요.

그래서 두 아이가 싸우면 딸아이에게는 "너, 내 아들 귀하니까 다치게 하지 마"라고 말하고 그리고 아들한테도 "너 내 딸 괴롭히지 마 예쁘게 키워야 하거든"이라고 말해 주죠.

그러면 두 아이 모두 웃음을 참지 못해 화를 풀고 말아요. 아이들은 내가 말하는 것이 무엇인지를 자세히 말하지 않아도 내가 무엇을 말하고자 하는 것이 무엇인지, 핵심 내용이 무엇인지를 파악한거지요.

사람의 몸에도 급소가 있듯이 대화에도 급소가 있다. 화제의 급소를 알면 그 누구와 대화를 해도 자신 있게 할 수 있다. 즉, 이야기의 핵심에 제대로 접근하려면 결론부터 말하는 것이 좋다.

결론부터 말하게 되면 아이가 이야기의 핵심에 집중하게 되며 아이에게 자신감 있는 모습을 전달하게 된다. 아이에게 이야기할 때에도 마찬가지이다. 아이는 부모가 이야기 하는 것을 보고 그대로 따라하는 성향이 강하다.

부모님이 화제의 핵심을 잘 이야기 하고 그것을 설명해주는 것을 자주 듣게 된다면 아이 자신도 그런 화법을 가지게 될 것이며, 따라서 자신감을 높이는데 기여할 것이다.

아이와 싸우지 않는다

부모와 아이에게 모두 문제가 되는 상황에서 양쪽이 모두 기분 좋게 이겼다는 느낌을 갖도록 할 수 있는 방법이 무승부법이다. 문제의 원인을 찾고 가능한 해결방법을 서로 제시하며 그중에 합의된 해결방법으로 문제를 해결하는 토론식 방법이다.

아이가 갑자기 장난감을 사달라고 하여 두 사람의 갈등이 생긴다면, 아이가 그 장난감을 원하는 이유에 귀 기울여 아이의 요구를 인정해 주고, 엄마는 사줄 수 없는 이유를 충분히 설명해 양자의 의견을 좁혀야 한다.

그런 후 구입할 시기를 미룬다든지 그보다 조금 싼 것을 고를지 등을 합의해 실행할 수 있다. 그러나 부모가 계속 사줄 수 없다고 주장하다가 아이와 힘겨루기에 밀려 사준다면 무승부법에서 실패한 것이다.

아이에게 싸우지 않는 방법으로는 대화를 할 때 나 전달법으로 대화를 하는 방법도 있다. 나 전달법은 아이의 행동에 대해 부모의 생각이나 느낌을 객관적으로 표현하는 방법이다.

아이의 행동이 부모 마음에 들지 않거나, 바람직하지 않다고 생각됐을 때, 부모는 불편을 느끼고 따라서 부모, 아이 간에 문제를 갖게 된다.

예를 들면 아이가 실내에서 뛰다가 엄마의 옆구리를 쳐서 엄마가 아플 때, "조용히 앉아서 놀아", "너 왜 이러니. 집안에서 뛰면 안 된다고 말했잖아?", "넌 왜 이렇게 조심성이 없니?", "제발 밖에서 놀아라"등으로 말한다면 이것은 '너' 전달법 (You-message)이다.

이 경우 나-전달법(i-message)으로 말하라면, "철수야! 엄마 옆구리가 아프구나. 엄마가 깜짝 놀랬어!"등이 된다. 이러한 말들은 의미상의 주어가 나(자신)이다. 너-전달법은 부정적인 "-해라"등의 지시어의 사용이 많은데 나-전달법은 "너의 행동으로 인한 나의 느낌을 네가 잘 들어 주길 바란다"는 의미이다.

이 방법은 너(아이)에게 문제가 있다 또는 네가 틀렸다는 내용이 아니고 나(부모)에게 문제 있으니 나를 좀 도와주라는 표현이다.

따라서 아이는 편한 마음으로, 부모의 말을 듣게 되고, 도움을 주고 싶은 생각이 자발적으로 생기게 되어 저항감, 반발을 줄이는 요소가 된다. 다시 말하면 나-전달법이란 아이의 행동을 그대로 서술하고, 부모자신의 느낌을 솔직히 말하는 것이다.

예를 들면 "네가 청소를 하지 않아서 나는 기분이 속상하다" 등의 진솔한 느낌 표현이 중요하다. 그리고 이러한 대화법은 부정적인 행동 뿐 만 아니라 긍정적 행동에도 쓰인다.

아이를 어루만져 준다

　경험이 적은 부모일수록 아이들의 투정에 부모는 난감할 뿐만 아니라 속수무책일 것이다. 그렇다면 우리의 사랑하는 아이들의 투정을 해소하거나 줄이는 방법은 무엇일까?

　투정을 해결하기 위해서는 우선 투정이 무엇인지, 원인은 무엇인지를 알아야 한다. 투정은 아이들이 자기가 하고 싶은 것을 하지 못하거나 자기가 원하는 것에 모자라거나 못마땅하여 떼를 쓰며 조르는 행위를 말한다.

　반면에 아이들이 자기 마음대로 되지 않을 경우 심하게 울거나 버둥거리는 것을 '떼'라고 한다. 투정과 떼는 미묘한 차이가 있지만 투정에 떼가 포함되므로 혼용되어 사용하고 있다.

　아이들에게 투정이 발생하는 이유는 매우 다양하다.
　① 아이가 무엇인가를 해보려고 하는데 부모가 못하게 하는 경우
　② 아이가 필요한 것이 있는데 부모가 알아주지 못하는 경우
　③ 자신의 능력보다 주위에서 더 많은 기대를 한다고 느껴질 때나 자기를 알아주지 않기 때문에 나타나는 경우
　④ 아이가 불안정하거나 부모가 너무 위해 주며 키워서 행동의 원칙을 배우지 못했을 경우
　⑤ 아직 어려서 마음먹은 대로 잘 안 될 때, 힘들기는 한데 어떻게 해야 할지 모르거나 해도 잘 안 된다는 생각에 빠져 있을 경우
　⑥ 이이가 무기력해지고 자신감을 잃을 경우
　⑦ 자기감정을 이해하고 표현하는 능력이 부족한 경우
　⑧ 자신이 힘든 원인을 잘 몰라서 답답한 경우

아이들은 매사를 자기중심적으로 생각하기 때문에 갑자기 투정을 부리는 것은 누구나 다하는 것이며 자아발달의 과정에서 꼭 거쳐야 한다. 아이마다 차이가 있지만 보통 투정은 생후 12개월이 지난 후부터 18개월 사이에 나타나게 되며 24개월에 정점을 이루며, 이후에는 아이의 인지발달의 차이에 따라 투정을 대화로 해결하기도 한다.

통상적으로 유아기에는 자신의 요구나 독립심이 방해를 받게 되면 무척 화를 내고 싫어하는 표현을 쓰면서 반항을 하게 된다. 자신의 의지를 관철하기 위해서 폭력을 행사하기도 한다. 부모들은 아이들의 투정으로 인하여 무척 당황스럽고 난처하기겠지만 아이 발달의 한 과정으로 이해해 주어야 한다.

그러나 아이들의 투정을 귀찮게 생각하고 고쳐야 한다고 생각하여 무조건 강압적으로 제지하거나 부모의 생각나는 대로 아이의 투정을 제지하려고할 때, 또는 실랑이를 하다가 부모가 져서 들어주게 되면 아이의 바람직하지 않은 행동을 오히려 '강화'하게 된다.

예를 들어 부모가 소리를 지르거나 물건을 던지고 문을 소리 내어 닫는 경우 아이는 이를 모방한다. 또 아이를 융통성 있게 다루지 못하고 너무 경직되거나 일관성 없이 아이를 다루는 경우다.

'투정'은 아이의 자아 발전과정 중에 자연스럽게 나타난다. 영아기에는 밤에 자다가 일어나 보채며 엄마를 찾으면 자장가를 불러 주거나 다독거려주길 원하는데 부모가 관심이 없으면 아이는 투정을 부린다. 유아기가 되면 엄마가 해주던 모든 것을 자신이 직접 해보고 싶어 한다. 밥을 먹을 때, 옷을 입고 벗을 때, 세수를 할 때도 마찬가지로 직접 하겠다고 떼를 쓴다. 직접 시키면 제대로 하는 것은 별로 없지만 못하게 막는 것보다 스스로 해냈다는 성취감을 맛보고 싶기 때문이다.

투정은 조용한 아이보다는 에너지가 많고 활동적인 아이에게서 많이 볼 수 있다. 아이가 자신의 힘을 과시해 보려는 욕구, 주위의 관심을 끌려는 욕구의 표현이 바로 '투정

'이기 때문이다.

그래서 아이는 '투정'을 부려 주위에서 관심을 더 받게 되거나, 속이 풀리고, 원하는 대로 되는 경우 계속해서 투정을 부리게 된다. 아이의 입장에서는, 부모가 완벽주의이고 지배적일 경우 부모에게서 벗어나서 숨을 쉬는 수단이고, 성질을 부림으로써 부모를 조정할 수 있고, 때로는 처벌을 면할 수 있다는 것을 알기 때문이다.

이처럼 투정의 원인은 다양하지만 결국 투정은 부모가 아이의 마음을 정확히 몰라주기 때문에 발생한다고 할 수 있다. 투정은 아이의 강한 욕구가 정상적인 경로를 통해서는 해결되지 않으므로 그들이 할 수 있는 우는 행동, 화내는 행동, 발을 굴리는 행동, 물건을 집어 던지는 행동, 심지어는 머리를 벽에 박는 행동 등으로 나타난다.

아이는 누구나 투정을 한다. 다만 정도의 차이가 있지만 아이가 하는 투정은 무언가 자신의 욕구 충족을 전부 하지 못해서 생기는 것이다. 따라서 아이들의 투정을 귀찮게 생각하고 고쳐야 한다고 생각하여 무조건 강압적으로 제지하거나 부모의 생각나는 대로 아이의 투정을 제지하려고할 때, 또는 실랑이를 하다가 부모가 져서 들어주게 되면 아이의 바람직하지 않은 행동을 오히려 강화하게 된다.

따라서 투정하는 아이가 지금 부족한 것이 무엇인지?, 그것을 찾아서 욕구들이 미숙하고 유치하더라도 다정하게 격려해주면 아이의 자율감이 발달하게 된다. 따라서 아이의 투정이 위험한 행동이나 남에게 특별히 해가 되는 행동이 아니라면 아이의 행동을 받아주고 용납해주는 것도 좋다.

〈아이가 속상해 하거나 때를 쓰는 경우〉

아이의 요구를 부모가 인정해 준다면 아이는 자신의 감정이나 요구가 인정받았다고 느끼는 순간 투정은 줄어들고 화난 감정이 누그러지게 된다.

- "무척 속상 했겠구나"
- "우리 OO가 힘들었겠구나"
- "이게 무척 갖고 싶었지"
- "이게 먹고 싶었지"

공손하게 부탁하게 한다

아이들이 투정하는 이유 중에 하나는 자신의 욕구를 해결하는 방법을 모르기 때문인 경우도 많다. 밥을 먹고 싶은데 밥을 어떻게 달라고 해야 좋을지, 하고 싶은 것이 있는데 어떻게 해야지 부모가 해줄 것인지, 자신의 부족한 것이 있는데 어떻게 해야 배우는지를 모르기 때문에 아이들은 투정을 하게 된다.

이처럼 아이들이 자신의 욕구를 해결하는 방법을 모르기 때문에 투정을 한다고 할 때 부모가 무작정 화를 내게 되면 아이들은 더욱 투정을 심하게 부릴 수밖에 없다.

부모가 아이들의 투정을 귀찮다고 생각하여 아이의 의견을 무시하고 위협을 한다면 아이들은 더욱 반항하게 되고 투정이 더욱 심해진다. 심지어 아이는 울면서 생각한다. '엄마는 날 사랑하지 않아. 엄마가 나를 버린데. 엄마는 분명히 새엄마일거야 안 그렇다면 어떻게 저런 말을 할 수 있을까?' 라고 생각한다.

따라서 이런 상황에서 부모는 아이에게 하고 싶은 것이 있다면 투정하는 것보다는 공손하게 부탁하는 방법을 가르쳐야한다. 공손하게 부탁하는 것은 자신의 입장을 무조건적으로 부모에게 종용하기 보다는 그렇게 해야 하는 이유와 함께 부모의 입장도 반영해서 요구하라고 가르치는 것이다.

이아가 너무 뻔뻔하고 자기중심적으로 떼를 쓰면서 요구를 하게 되면 "엄마는 더 이상은 받아줄 수가 없구나. 떼를 쓰는 것보다는 말로 엄마를 설득하면 엄마가 해줄께" 또는 "네가 원하는 것을 갖기 위해 무작정 떼를 쓰는 것보다 정 원하는 것이 있다면 공손하게 부탁하는 것을 습관으로 들여라"는 말을 하여 공손하게 부탁할 때 까지 무시하여 본다.

적당한 부모의 무시는 아이가 항상 제멋대로 할 수는 없다는 것을 배우도록하게 한다. 아이가 공손하게 부탁하는 태도를 가지면 부모는 아이의 행동의 변화에 칭찬을 해 주어서 아이가 공손하게 부탁하는 태도를 익히도록 한다.

공손한 태도에 대한 칭찬을 하고, 태도에 대한 기쁨을 표현해 주면 아이들은 다음에 도 자신의 욕구를 해결하는 방법을 투정으로 해야 하는 것이 아니라, 대화로 해야 한다 는 것을 알게 되어 투정이 줄어들게 된다.

〈주말에 집에 있지 말고 동물원에 가자고 떼를 쓰는 경우〉

- 아이 : (투정하면서)"엄마, 아빠. 우리 동물원가요. 동물들이 보고 싶어요"
- 엄마 : "안돼!"
- 아이 : "동물원 안가면 나 울거에요. 엉엉!"
- 엄마 : "툭하면 울기만하고, 너 그러면 동네 밖에 버리고 올거야"(아이에게 위협을 한다.)
- 아이 : (울면서) "그래 나 버리고 와봐!"

아이들에게 투정하는 대신 자신의 욕구를 공손하게 부탁하는 방법을 가르쳐 보 는 것이 좋다.

- 아이 : "엄마 저 동물원에 가고 싶어요. 같이 가 줄 수 있어요?"
- 엄마 : "동물원에 가자고 공손하게 부탁하다니, 정말 감동했다. 하지만 지금은 엄마가 해야 할 일이 있어, 동물원은 내일 보러가자. 내일은 꼭 같이 가자꾸나. 기다려줄 수 있지"

다른 사람을 배려하게 한다

투정하는 아이일수록 자기중심적 사고를 하는 경우가 많다. 떼를 쓰는 아이들은 다른 사람의 감정을 거의 고려하지 않는다. 오로지 자신의 목적만 생각하기 때문이다. 따라서 투정하는 아이는 다른 사람의 감정을 배려하기 보다는 자신의 감정을 수용하도록 강요하게 된다.

이러한 아이에게는 투정을 할 때 자신의 입장보다는 상대방의 입장을 고려하는 것을 배우게 해야 한다.

아이들은 자신의 요구가 얼마나 다른 사람들에게 부담을 주는지를 모른다. 그러므로 다른 사람에 대한 배려에 관해 배울 필요가 있고, 다른 사람의 입장이 되어 그들의 감정을 느끼고 깨닫게 해준다.

다른 사람의 입장을 이해하기 위해서는 아이에게 역할을 바꾸어 보게 한다. 예를 들어 아이에게 자신의 욕구를 표현하게 할 때는 항상 남의 입장이 되어 보라고 한다. 다른 사람의 입장이 되어 보게 하여, 투정부리는 아이의 나쁜 태도를 고칠 수 있다.

〈엄마에게 맛있는 것을 먹으러 가자고 투정하는 경우〉

- "지금부터 네가 엄마라고 생각해봐 나는 딸이라고 상상해봐"

  "내가 너에게 맛있는 것 먹으러 가자고 마구 떼를 쓰면 너는 엄마 입장에서 나에게 뭐라고 할거니?"

  "기분이 어떻겠지?"

  "맛있는 것을 먹으로 갈거니?"

  "아니면 혼내 줄거니?"

  "네가 지금까지 떼를 썼을 때 엄마의 마음은 어떻겠니?"

〈지금 아빠가 모처럼 쉬고 있는데 놀이터에 가서 놀자고 투정을 하고 있는 경우〉

- "지금 네가 하고 있는 투정을 버리고 아빠의 입장에서 생각해봐"

  "아빠가 일주일 내내 쉬지도 못하다 모처럼 쉬고 계시는걸 알잖니. 그런데 방해하면 아빠가 좋아하시겠니?"

  "그런데 아들이 너를 막 흔들어 깨우며 숙제를 도와달라고 떼쓴다면 기분이 어떻겠니? 숙제를 도와달라고 부탁드릴 더 좋은 시간이 따로 있지 않겠니?"

동의를 이끌어 내게 한다

계획을 세울 때에는 반드시 아이에게 결정권을 준다. 이 단계에서 부모가 더 큰 힘을 발휘한다고 느끼면 아이는 그 계획을 지키지 못하였을 때 부모를 탓하게 된다.

자신이 만든 것이 아니니 자신이 못하는 것은 당연하다고 변명하는 것이다. 그렇기 때문에 계획을 세울 때에는 부모와 아이가 함께 상의하고 숙고해야 하지만 무엇보다도 아이가 스스로 결정할 수 있도록 해야 한다.

투정은 부모의 의사와는 상관없이 아이의 일방적인 의사를 행동으로 표현하는 것이나 동의는 아이의 행동에 대하여 부모가 인정해 주고 이해해 주는 것이다. 따라서 동의는 아이에게는 투정을 줄여주고 부모에게는 아이를 이해할 수 있는 계기를 만들어 준다. 동의를 이끌어 내는 것도 투정부리는 아이에 대한 대화법 중 하나이다.

동의는 아이의 욕구를 표현하는 행동을 합의에 의하여 이루어진다는 것을 가르치는 것으로부터 아이들이 어른이 될 때 지니길 원하는 품성을 가르치는 것으로 바꿔주기 때문이다. 그러므로 동의를 이끌어내고 유지하는 능력은 성공적인 어른이 되기 위한 가장 결정적인 요소 중의 하나이다.

그렇다면 우리는 어떻게 아이들에게 동의를 이끌어 낼 수 있을까? 합의하기는 아이들과 갈등을 피하고 아이들을 우리가 원하는 대로 하도록 행동하게 하기 위해 선택과 약속의 개념을 결합시키는 것이다.

〈놀이공원에 가자고 투정을 부리는 경우〉
〈잘못된 대화〉

- "○○아! 엄마가 내일 놀이공원에 간다고 약속했던 거 있지, 하지만 할머니가

아파서 가봐야 하기 때문에 내일은 시간을 낼 수가 없어. 그래서 놀이공원 가는 건 다음 주로 미루자. 괜찮지? 당장 우는 걸 멈추지 않으면 넌 앞으로 영영 놀이공원에는 못 가게 될 거야. 알았어?"

=〉 이렇게 말한다면 아이는 엄마의 입장을 이해하지도 못할뿐더러 괜찮지도 않다. 다만 다른 행동을 하기에는 힘이 없을 뿐이다. 게다가 엄마가 약속을 깨버린 것에 대해 아이는 크게 실망하게 되고 그 감정을 우는 것으로 나타낸다면 더 화를 낼 것이고 상황은 더 나빠질 것이다.

〈지혜로운 대화〉

- 엄마 : "할머니가 아프다고 전화하셨어. 그래서 빨리 와주었으면 하셔. 하지만 이미 너와 놀이 공원 가는 계획이 있어서 고민을 많이 했어. 왜냐하면 엄마는 약속을 했으면 그것을 지키기 위해서 최선의 노력을 다해야한 다고 믿기 때문이야. 너한테 놀이공원에 갈 거라고 말했었고 네가 그 약속이 지켜지길 바란다는 사실을 알고 있기 때문이야. 그렇지?"
- 아이 : "맞아요!"
- 엄마 : "그러나 지금은 할머니가 아파서 가봐야 하니 어떻게 하는 것이 좋겠 니?"
- 아이 : "놀이 공원에 갔으면 좋겠어요"
- 엄마 : "물론 너와 약속을 꼭 지키고 싶단다. 그러나 문제는 할머니를 찾아가 서 도와드리지 못하면 큰일 날수도 있단다. 그러니 네가 이번에는 이 해를 해주고 다음 주에 놀이 공원에 같이 가면 안 되겠니?"
- 아이 : "네 싫지만 그렇게 해요"
- 엄마 : "고맙다. 내일 할머니에게 가서 네가 많이 걱정한다고 말해 드릴께"

합의는 대화를 통해서 서로가 지킬 수 있는 것을 정해가는 것이다. 부모입장에서 일일이 아이들에게 설득하기 위해 너무 자세하게 말하는 것은 아닐까라고 생각할 수 있지만 이렇게 말함으로써 아이는 어떤 일이 벌어졌는지를 알 수 있고 엄마가 약속을 깨는 것에 대해 미안하게 생각하고 있다는 것도 알 수 있다.

다정하게 대해 준다

아이의 바람직하지 않은 투정을 해결할 때는 '다정함'과 '일관성'이 있어야 한다. 제일 중요한 것은 다정함이다. 즉 아이가 투정을 한다고 해서 짜증이 났다는 표정으로 아이에게 화를 내거나 잔소리를 하는 것은 아무 효과가 없다.

아이가 투정을 했다고 바로 아이에게 화를 내거나 손찌검을 하게 되면 아이는 더욱 커다란 소리를 지르면서 울게 된다. 그리고 아이는 더 이상 부모 말에 귀 기울이지 않을 것이다.

또한 아이가 투정을 시작하게 되면 이미 아이는 감정적으로 격앙되어 있기 때문에 부모의 잔소리나 꼬치꼬치 따지는 것은 아무런 효과가 없다.

투정부리는 아이에게 왜 투정을 부리는지 꼬치꼬치 따지거나 잔소리를 하게 되면 아이들은 들어 주거나 대꾸를 하지 않기 때문에 오히려 부모만 지칠 뿐이다.

묻는 말에 정확하고 신중하게 그리고 친절하게 대답하는 어른이 되어야 한다. "엄마 왜 사람들은 죽어요"라고 물으면 "넌 몰라도 돼"라고 대답한다든지, "아이는 어디서 태어나요"라고 물을 때 "너도 크면 다 알게 된다"라는 식의 회피성 대답은 하지 말아야 한다.

정확하게, 그러나 아이가 이해하기 쉬운 정직한 말로 가르쳐주자. 그것이 훗날 아이에게 큰 도움이 될 것이다. 어른들은 자기 마음대로 말하고 아이들에게 감정적으로 대할 때가 많다. 더구나 말버릇도 고약한 경우가 많다.

그러한 모습을 아이들은 정확하게 배우게 된다. 물론, 항상 친절하게 대하기란 힘들다. 그러나 어른은 아이들에게 친절하고 다정하게 대하는 것이 당연하다.

아이가 투정을 부릴 때 다정하게 대하는 방법을 보면 다음과 같다.

예 장난감을 사 달라고 투정을 부리는 경우

상점 안에서 아이가 장난감을 사달라고 누워서 발로 차면서 투정을 부리는 아이가 있다고 가정하자. 계속 울게 되면 다른 사람들에게 방해가 되니 아이를 데리고 밖으로 나온다. 필요하다면 아이를 두 손을 꽉 붙잡는다. 그러면 아이는 더 이상 울게 되면 분명히 무엇인가 불길한 결과가 나올 것이라는 생각을 가지게 되어 어떻게 할까를 고민하게 된다. 꽉 잡고 몇 분 지나면 대부분의 아이들은 조용해진다. 아이가 안정을 찾고 조용해지면 투정에 대해 의견을 말하도록 한다.

□ 비록 원하는 장난감을 사주지는 않더라도 부모가 그것을 진지하게 생각하고 있다는 사실을 알려주어서 관심을 가능한 빨리 다른 곳으로 돌려본다.

- 엄마 : "네가 그렇게 바닥에 누워서 발로 차고 소리를 지르면 네가 원하는 것이 무엇인지를 모르겠어. 하고 싶은 것이 있으면 말로 해야 잖아. 소리를 지르면 무슨 말인지 엄마는 못 알아듣겠어. 그러니깐 조용히 얘기하면 엄마가 들어 줄게"
- 아이 : (소리 지르면서) "장난감 사달라니까 왜 안 사줘!"
- 엄마 : "너무 커서 무슨 소리인지 잘 모르겠어. 조용히 말해봐"
- 아이 : "조용히 장난감 사달라니까요"
- 엄마 : "응 장난감 사달라는 말이구나. 이렇게 엄마가 이해하기 쉽게 다음에는 원하는 것이 있으면 제발 조용히 말해. 그런 다음 네가 뭘 원하는지 얘기해 보자".
- 아이 : "조용히 했으니깐 이제 장난감 사주세요. 네?"
- 엄마 : "오늘은 너에게 장난감을 사 줄 수가 없어. 오늘은 반찬거리를 사러

나왔잖니 그래도 돈을 충분히 가지고 나오지 않았기 때문에 살수가 없
단다. 내일 올 때 꼭 사주도록 할게"

상점 안에서 아이가 장난감을 사달라고 누워서 발로 차면서 투정을 부리는 아이
가 있다고 가정하자. 계속 울게 되면 다른 사람들에게 방해가 되니 아이를 데리고
밖으로 나온다. 필요하다면 아이를 두 손을 꽉 붙잡는다. 그러면 아이는 더 이상
울게 되면 분명히 무엇인가 불길한 결과가 나올 것이라는 생각을 가지게 되어 어떻
게 할까를 고민하게 된다. 꽉 잡고 몇 분 지나면 대부분의 아이들은 조용해진다.
아이가 안정을 찾고 조용해지면 투정에 대해 의견을 말하도록 한다.

□ 비록 원하는 장난감을 사주지는 않더라도 부모가 그것을 진지하게 생각하고
있다는 사실을 알려주어서 관심을 가능한 빨리 다른 곳으로 돌려본다.

  - 엄마 : "네가 그렇게 바닥에 누워서 발로 차고 소리를 지르면 네가 원하는
        것이 무엇인지를 모르겠어. 하고 싶은 것이 있으면 말로 해야 잖아.
        소리를 지르면 무슨 말인지 엄마는 못 알아듣겠어. 그러니깐 조용히
        얘기해하면 엄마가 들어 줄게.
  - 아이 : (소리 지르면서) "장난감 사달라니까 왜 안 사줘!"
  - 엄마 : "너무 커서 무슨 소리인지 잘 모르겠어. 조용히 말해봐"
  - 아이 : "조용히 장난감 사달라니까요"
  - 엄마 : "응 장난감 사달라는 말이구나. 이렇게 엄마가 이해하기 쉽게 다음에
        는 원하는 것이 있으면 제발 조용히 말해. 그런 다음 네가 뭘 원하는
        지 얘기해 보자"
  - 아이 : "조용히 했으니깐 이제 장난감 사 주세요. 네?"
  - 엄마 : "오늘은 너에게 장난감을 사 줄 수가 없어. 오늘은 반찬거리를 사러
        나왔잖니 그래도 돈을 충분히 가지고 나오지 않았기 때문에 살수가 없
        단다. 내일 올 때 꼭 사주도록 하마"

□ 아이의 투정에 대한 요구를 들어줄 수 없을 때, 요구를 대신할 수 있는 대응 방안을 제시하여 물어 보는 것도 중요하다.

- 엄마 : "네가 원하는 장난감은 매우 위험한데 이 장난감으로 사주면 안될까? 네가 원하는 장난감은 너무 비싼데 엄마가 충분한 돈을 안가 져 와서 그런데 조금 싼 것으로 하면 어떨까?"

□ 아이는 투정을 시작했지만 투정부리는 감정에서 벗어나고 싶어 한다. 이런 느낌이 들면 아이들을 다그치지 말고 아이를 꼭 안아주고 여전히 사랑한다고 표현하는 것이 좋다.

- 아이 : "싫지만 그냥 사줘. 다음에는 꼭 저걸로 사줘"
- 엄마 : "네가 안정을 찾으니 기쁘구나. 엄마가 안아줄까?"

□ 투정으로 인해 벌을 주라는 것은 아니다. 자신의 욕구를 표현하는 방법을 가르치라는 것이다. 그리고 아이가 하기 싫어했던 일을 끝마치면 약간의 보상을 허락하는 방법도 효과적이다. 적절한 대응 방안을 찾고, 아이가 그 방안에 수락을 하게 되면, 그에 따른 적절한 보상을 해주는 것도 아이의 감정형성에 매우 중요하다.

- 엄마 : "네가 참으니까 엄마는 너무 좋은데 엄마가 아이스크림 사줄까? "오늘 병원 가서 무사히 주사를 맞으면 점심에서 네가 좋아하는 돈가 스 사줄게"

□ 아이의 투정에 대한 요구를 들어줄 수 없을 때, 요구를 대신할 수 있는 대응 방안을 제시하여 물어 보는 것도 중요하다.

- 엄마 : "네가 원하는 장난감은 매우 위험한데 이 장난감으로 사주면 안될까? 네가 원하는 장난감은 너무 비싼데 엄마가 충분한 돈을 안가 져 와서

그런데 조금 싼 것으로 하면 어떨까?"

☐ 아이는 투정을 시작했지만 투정부리는 감정에서 벗어나고 싶어 한다. 이런 느낌이 들면 아이들을 다그치지 말고 아이를 꼭 안아주고 여전히 사랑한다고 표현하는 것이 좋다.

- 아이 : "싫지만 그냥 사줘. 다음에는 꼭 저걸로 사줘"
- 엄마 : "네가 안정을 찾으니 기쁘구나. 엄마가 안아줄까?"

☐ 투정으로 인해 벌을 주라는 것은 아니다. 자신의 욕구를 표현하는 방법을 가르치라는 것이다. 그리고 아이가 하기 싫어했던 일을 끝마치면 약간의 보상을 허락하는 방법도 효과적이다. 적절한 대응 방안을 찾고, 아이가 그 방안에 수락을 하게 되면, 그에 따른 적절한 보상을 해주는 것도 아이의 감정형성에 매우 중요하다.

- 엄마 : "네가 참으니까 엄마는 너무 좋은데 엄마가 아이스크림 사줄까?"
  "오늘 병원 가서 무사히 주사를 맞으면 점심에서 네가 좋아하는 돈가스 사줄게"

아이를 꾸짖어야 할 때

아이들과 대화가 되지 않으면 결국 부모는 꾸짖어야 할 때가 있다. 그러나 꾸짖는다고 무작정 꾸짖었다면 오히려 아이의 저항에 부딪힐 수 있다. 따라서 아이를 꾸짖을 때는 다음과 같은 원칙에 의거하여 꾸짖어 보면 효과가 있다.

1) 너무 어릴 때부터 꾸중하지 않는다.

가벼운 훈계가 아닌 꾸중은 부모와의 의사소통이 가능 할 때 하는 것이 좋다. 말귀는 알아듣지만 문제의 중요성을 이해 못하는 5세 이전의 아이들은 꾸짖음보다는 관심을 돌리게 유도하는 것이 현명하다.

2) 심한 꾸중은 아이의 자신감을 잃게 한다.

너무 심하게 야단치면 부모가 보는 앞에서만 잘하고 부모가 없는 곳에서는 자기를 통제할 수 없는 아이가 된다. 부모가 시키는 일만하고 자신감이 없는 아이로 자랄 수도 있다.

3) 위험한 행동 그 자리에서 꾸중한다.

아이가 차도에 뛰어든다거나 칼 장난, 불장난 등 본인과 타인에게 위험한 행동을 할 때는 '심한'꾸중도 무관하다. 그래야 강하게 인식해서 다시 그 일을 하지 않기 때문이다.

4) 말로만 하는 꾸중에 앞서 시범을 보여준다.

아이가 방을 어지럽혔다면 잘못된 점을 꾸중하고 아이가 따라하도록 부모가 직접 방을 치우는 시범을 보여준다.

5) 일관성을 가지고 꾸짖는다.

어떤 때는 야단치는 일도 어떤 때는 그냥 넘어가면 매우 안 좋다. 부모의 일관성 없는 꾸중은 아이가 왜 혼나는지 몰라서 혼란스럽게 만들게 된다.

6) 인격을 무시하는 말로 꾸짖지 않는다.

"너는 왜 그 모양이니", "바보냐"등의 꾸중은 아이에게 상처를 주고 불만이 쌓이게 한다.

7) 잘못을 인정하도록 강요하지 않는다.

아이가 스스로 자신의 옳고 그름을 판단하도록 유도하는 것이 아이의 감성에 좋다.

8) 체벌 받고 자란 아이의 지능이 낮다.

부모와 아이 간에도 "다음에 또 그러면 손바닥 10대 맞는다"식의 체벌에 대한 합의가 필요하고 체벌이 심한 아이는 평균지능보다 12정도 낮다고 한다.

9) 작은 목소리로 야단친다.

소리가 큰 꾸중은 아이에게 반감을 갖게 하므로 작은 소리로 야단하면 오히려 쉽게 수긍하게 된다.

10) 화난 기분으로 꾸중하지 않는다.

감정이 앞서 꾸중하면 반드시 후회하게 된다. 우선 부모의 기분을 차분히 한 후 꾸중
해야 효과적이다.

8장

자존감을 높이는 칭찬

칭찬의 중요성

칭찬할 것이냐, 혼을 낼 것이냐. 아이가 못한다고 부모가 짜증이 난다고 혼을 내자니 아이의 기가 죽을 것 같다. 그렇다고 마냥 칭찬만 해주면 아이가 기고만장해질 것 같다. 딱 부러지는 정답은 없다. 다만 칭찬에는 아이의 자신감을 길러주는 힘이 숨어 있다. 부모가 자신을 인정해준다는 만족감을 안겨줌으로써 꾸중이나 매로는 풀 수 없었던 문제를 해결하는 열쇠가 되기 때문에 중요한 부분이다.

칭찬은 좋은 점이나 착하고 훌륭한 일을 높이 평가하는 말을 말한다. "말 한 마디로 천냥 빚을 갚는다"는 말처럼 어떤 상황에서 어떤 말을 어떻게 하느냐 하는 것은 매우 중요하다. 특히 말하는 사람이 어떤 위치에 있느냐에 따라 그 말은 엄청난 효력을 발휘할 뿐만 아니라 때때로 한 사람의 인생을 바꾸어놓기도 한다. 그중에서 칭찬은 인간관계에서 별로 힘들이지 않고 큰 효과를 발휘하게 하는 전략적 수단이다.

<칭찬은 고래도 춤추게 한다>는 책이 베스트셀러가 될 만큼 칭찬의 중요성에 주목하는 움직임이 활발하다. 이처럼 짧은 칭찬 한 마디는 고래의 인생을 바꿀 정도로 큰 힘을 발휘한다. 특히 대화는 사람의 인생을 바꾸는 가치 있는 일이기 때문에 대화에서도 칭찬의 필요성은 크다고 할 수 있다.

특히 대화과정에서 목적을 달성하는데 중요한 동기유발의 중요한 기폭제이기도 하다. 물질이 풍요로워진 사회일수록 인간적인 정에 약하다.

따라서 사람들은 칭찬받고 싶은 욕구가 강하다. 굳이 대화에서 뿐만 아니라 사회생활에서도 칭찬을 잘하지 못하면 이제는 살 수 없는 시대가 되었다. 이 시대는 칭찬 잘하는 사람을 필요로 한다.

그렇지만 아직도 칭찬하는 것이 어색하거나, 괜히 입에 발린 말을 하는 것 같아 서로가 쑥스러운 느낌을 받기도 한다. 또 의식적으로 칭찬을 하다 보면 의례적 인사치레로 보이거나, 아첨으로 오인되어 그 효과가 반감이 되기도 한다. 중요한 것은 칭찬에도 뿌리와 가지가 있어야 한다는 것이다. 누구에게나 똑같이 판에 박힌 칭찬의 말을 되풀이하다 보면 칭찬을 받는 사람 입장에서도 별다른 감흥이 없기 마련이다.

직장 뿐 아니라 인간관계가 있는 어디에서건 비판이나 지적보다는 칭찬은 큰 힘을 발휘한다. 동기를 부여해주고, 팀웍을 높여줄 뿐 아니라 자신감을 심어주어, 그 안에 있는 위대한 힘을 발견해 준다.

아이에서 어른이 되는 성장의 주식은 음식과 칭찬이다. 몸을 키우기 위해서는 밥과 반찬을 먹어야 하고, 생각과 가치관을 키우기 위해서는 칭찬이라는 주식을 먹어야 한다. 생각과 가치관 즉 창의성, 용기, 인내, 긍정적 사고 등 자신에게 주어진 다양한 능력들을 최대한 발휘하고 성장하여 다른 사람들과 공유할 수 있는 것은 바로 칭찬에서 시작된다. 칭찬은 그 사람의 가능성과 잠재력을 발견해주는 동시에 그 능력을 더욱 키울 수 있도록 해주는 영양제 역할을 해준다.

이처럼 칭찬이 좋다는 것은 다 알지만 칭찬을 잘하는 사람은 드물다. 칭찬을 해보지 않던 사람이 어색하게 하면 오히려 역효과가 나는 경우도 있다. 칭찬은 받아본 사람만이 할 수 있으며, 연습을 할수록 잘 할 수 있다.

칭찬은 불가능을 가능하게 한다

심리학에서는 피그말리온효과라는 것이 있다. 칭찬하면 칭찬할수록 더욱 더 잘하려는 동기를 제공하는 것을 심리학에서는 피그말리온 효과(Pygmalion Effect)라고 한다.

원래 피그말리온 효과라는 것은 자기 충족적 예언이라고도 하며, 원래 그리스신화에 나오는 조각가 피그말리온의 이름에서 유래한 심리학 용어이다. 조각가였던 피그말리온은 아름다운 여인상을 조각하고, 그 여인상을 진심으로 사랑하게 된다. 여신(女神) 아프로디테(로마신화의 비너스)는 그의 사랑에 감동하여 여인상에게 생명을 주었다. 이처럼 타인의 칭찬이나 기대 또는 관심으로 인하여 능률이 오르거나 결과가 좋아지는 현상을 말한다.

심리학에서는 타인이 나를 존중하고 나에게 기대하는 것이 있으면 기대에 부응하는 쪽으로 변하려고 노력하여 그렇게 된다는 것을 의미한다. 대화에서도 칭찬이나 격려를 통해서 아이에게 긍정적인 영향을 미치는 심리적 요인이 된다는 것을 말한다.

1968년 하버드대학교 사회심리학과 교수인 로버트 로젠탈(Robert Rosenthal)과 미국에서 20년 이상 초등학교 교장을 지낸 레노어 제이콥슨(Lenore Jacobson)은 미국 샌프란시스코의 한 초등학교에서 전교생을 대상으로 지능검사를 한 후 검사 결과와 상관없이 무작위로 한 반에서 20% 정도의 학생을 뽑았다. 그 학생들의 명단을 교사에게 주면서 '지적 능력이나 학업성취의 향상 가능성이 높은 학생들'이라고 믿게 하였다.

8개월 후 이전과 같은 지능검사를 다시 실시하였는데, 그 결과 명단에 속한 학생들은 다른 학생들보다 평균 점수가 높게 나왔다. 뿐만 아니라 학교 성적도 크게 향상되었다. 명단에 오른 학생들에 대한 교사의 기대와 격려가 중요한 요인이었다. 이 연구 결과는 교사가 학생에게 거는 기대가 실제로 학생의 성적 향상에 효과를 미친다는 것을 입증하였다.

이처럼 대화에서도 피그말리온 효과를 사용하여 지속적인 칭찬과 격려를 통해서 아이에게 놀라운 변화를 가져오게 할 수 있다.

칭찬이 중요한 이유는 여러 가지가 있지만, 특히 대화에 있어서 칭찬이 중요한 이유는 불가능을 가능으로 만들기 때문이다. 바보 온달에게 지혜로운 평강공주의 칭찬과 믿음은 훌륭한 장군이 되게 하였고, 듣지도 보지도 말도 못하던 헬렌 켈러에게 설리반 선생의 진심어린 칭찬은 기적을 만들어 준 사실만 보아도 칭찬은 사람을 기분 좋게 만들뿐만 아니라 건강하게 만든다.

의학적으로 칭찬을 받으면 각종 면역강화물질의 분비를 촉진시킨다. 이는 다시 뇌로 피드백 되어 불필요한 스트레스 호르몬의 분비를 억제시킨다. 그 결과 자율신경계가 늘 편안한 상태에 있어 최적의 신체 상태를 유지하기 때문에,
건강한 몸을 유지할 수 있을 뿐이 아니라 목표 달성을 위하여 노력할 수 있는 자세를 만들어 준다.

이밖에도 칭찬의 장점은 끝이 없다. 칭찬은 아이를 정서적으로 긍정적인 상태에 놓이게 함으로써 자신감을 주어 강하게 만들어 준다. 또한 칭찬은 듣는 사람만이 좋은 것이 아니라 하는 사람에게도 신뢰감을 주고 좋은 사람이라는 인식을 갖게 해줌으로 좋은 인간관계를 맺게 해준다.
또한 칭찬은 전염성이 강해서 아이를 긍정적인 마음을 만들어 주기도 하지만 사람들에게 기쁨을 준다. 이러한 긍정적인 마음과 기쁨을 느낀 사람은 칭찬의 중요성을 깨닫게 되어 다른 사람을 칭찬하려고 한다.
따라서 부모의 칭찬을 받은 아이는 주변 동료를 칭찬하고, 이웃을 칭찬하고, 나아가 인간관계가 좋아진다.

평범하고 쉬운 칭찬부터 한다

칭찬을 하려면 '쉬운 칭찬'부터 시작하는 것이 좋다. 지금까지 칭찬에 인색했던 부모라면 '쉬운 칭찬'부터 해 보는 것이 좋다. '쉬운 칭찬'은 기존에 아이가 잘하고 있었던 행동이라도 당연하게 여기지 말고 칭찬해 주는 것이다.

이에 비해, 잘못하는 행동 또는 부족한 행동을 고치려고 하는 칭찬은 '어려운 칭찬'이라 할 수 있다. '어려운 칭찬'을 하려면 칭찬을 받을 수 있는 목표 행동을 아이에게 제시해 줘야 한다.

예를 들면, "철수는 언제나 음식을 골고루 먹는구나. 참 좋다"는 말은 '쉬운 칭찬'이며, "공부를 스스로 하는 것을 보니 정말 대단하구나. 엄마 아빠는 성적이 잘 나오는 것보다도 네가 공부를 스스로 해나간다는 것을 더욱 기쁘게 생각한다"는 '어려운 칭찬'에 해당한다.

따라서 칭찬을 시작할 때는 쉬운 것부터 하는 것이 좋다. 또한 아이가 매번 잘해오던 일이여도 당연히 그러려니 했던 사소한 일부터 하나하나 칭찬하는 것이 중요하다.

〈쉬운 칭찬〉

- "오늘따라 활기차 보이네. 무슨 좋을 일이 있었니?"
- "오늘은 엄마를 많이 도와주어서 정말 고마워"
- "방청소를 깨끗이 해 놓은 것을 보니 학교에서도 칭찬 받겠다"
- "오늘 세수를 열심히 하니까 얼굴이 너무 예뻐 보인다"
- "오늘 따라 아빠하고 한 약속을 잘 지켜 주니 참 아빠가 행복하단다"

칭찬하는 이유를 말해준다

칭찬만큼 행동에 대한 동기 부여를 강하게 주는 것도 없다. 아이가 보다 목표 지향적으로 행동하길 원한다면 그러한 행동이 하고 싶도록 동기 부여를 하는 칭찬을 많이 해주는 것이 좋다. 그렇다고 뜬금없는 칭찬은 피하는 것이 좋다.

못생겼는데 예쁘다고 거짓으로 칭찬한다거나 공부를 잘하지 못하는데 잘한다는 칭찬은 아이에게 불신만을 심어 줄 뿐이다. 구체적으로 아이가 한 행동에 대해 칭찬해 주는 것이 중요하다.

더불어 부모는 아이에게 자신이 바라는 행동을 가급적 구체적으로 얘기해 줘야 한다. "집안을 어지르지 마라"는 식으로 막연하게 얘기하지 말고, "읽고 난 책은 제자리에 꽂아놓아라"거나 "가지고 논 장난감은 다시 장난감통에 넣어라"고 얘기하라는 것이다.

이처럼 부모가 구체적인 방향을 제시해 줄 때 아이는 칭찬받을 수 있는 기회를 좀더 쉽게 얻을 수 있게 된다.

왜 칭찬을 하는지 아이에게 설명을 해 주면 아이가 자신의 행동과 부모와의 칭찬 사이의 인과관계를 이해하게 돼, 앞으로도 긍정적인 행동을 계속 하려고 할 가능성이 높다. 아이는 어떤 이유로 자신이 칭찬받았는지 이유를 듣게 된 후에는 칭찬을 듣기 위해 같은 행동을 계속하게 된다.

〈구체적인 칭찬〉
- "그림 잘 그렸다" 보다는 "기린 목을 길게 그리니 정말 기린 같다"
- "네가 오늘 장난감 정리를 한 것을 보니까 엄마가 정말로 기쁘구나"
- "인사를 참 잘 하는구나"
- "골고루 음식을 먹으니까 더 씩씩하고 건강해지겠다"

성공한 결과보다는 과정을 칭찬한다

아이가 부모와의 약속을 잘 지켰을 때 결과만을 칭찬할 것이 아니라 아이가 약속을 지키기 위해 노력한 사실을 부각시켜야 한다. 아이가 계속 잘할 수 있도록 동기를 부여해주는 것은 바로 아이의 노력한 과정에 대해 칭찬하는 것이다.

만약 칭찬을 결과에만 초점을 맞추어 하게 되면 아이는 내내 초조감을 느끼기 쉽다. 결과에 대해서만 칭찬할 경우 자칫 잘못하면 '모로 가도 서울만 가면 된다'는 식의 부작용도 낳을 수 있기 때문에 과정을 중요시해야 한다는 설명이다.

그리고 열심히 수행하다가도 일이 제대로 성사되지 않으면 아이는 부모가 결과만을 바라고 있다는 생각에 심한 좌절을 느끼기 쉽다. 따라서 과정도 중요하다는 칭찬을 해주어 결과가 나쁘더라도 현재의 상황에 만족할 수 있게 해주어야 한다.

〈결과를 중시한 칭찬〉

- "은혜가 100점을 받아서 엄마는 정말 기뻐. 참 잘했어"
- "수학시험 잘 봐서 엄마 기분 너무 좋다"
- "오늘 경기에서 1등 했구나. 역시 우리00 대단해요"
- "방을 깨끗하게 청소했구나. 잘했어"
- "피아노 잘 친다"

〈과정을 중시한 칭찬〉

- "은혜가 100점을 받았구나. 네가 지난 일주일 동안 엄마와 열심히 노력했다는 것이 자랑스럽구나. 이제 노력하면 좋은 결과를 얻을 수 있다는 걸 알게 됐지"

- "수학 시험을 위해서 공부를 정말 열심히 했구나"
  - "네가 열심히 연습한 것이 오늘 경기에서 효과가 있었어"
  - "오늘 아침에 방 정리하느라 고생했다. 집안이 환해졌다"
  - "매일 열심히 연습하더니 피아노 실력이 벌써 이렇게 좋아졌구나"

말뿐만 아니라 몸으로도 칭찬한다

칭찬을 말로만 하면 아이는 칭찬을 농담으로 생각하기 쉽다. 칭찬이 진실 된 것처럼 인식하게 하려면 몸으로도 칭찬을 해야 한다. 때로는 열 마디 말보다 몸짓 하나가 더 강렬하고 함축적인 의미를 표현할 때가 있다.

아이의 손을 꼭 잡아주거나, 따뜻하게 꼭 안아주기, 정감어린 눈빛 보내기 등 다양한 방법의 스킨십을 통한 진한 교감의 몸짓 대화들을 통해 전달 될 때 훨씬 더 아이들은 행복감을 느낀다.

아이와 눈높이를 맞추고 부모가 자신을 향해 몸을 기울여줄 때, 아이는 친밀함과 편안함을 느낄 수 있다는 것이다. 아이를 향해 몸을 구부려 껴안아주거나 토닥여주어 부모의 마음을 전하는 몸짓 대화가 자연스럽게 나오도록 습관처럼 노력해야한다.

〈스킨십 칭찬〉

- (꼭 껴안아주며) "엄마가 너 믿는 거 알지. 우리 OO, 많이 사랑해"
- (머리를 쓰다듬어 주며) "지금 너의 행동이 너무 자랑스러워서 엄마 기분이 정말 최고야"

즉시 칭찬한다

 칭찬에도 적절한 타이밍이 있다. 칭찬받을 행동을 했을 때 즉시 칭찬을 해주는 것이 가장 좋고 효과도 크다. 아이에 대한 칭찬은 날 잡아서 거창하게 하는 게 아니다. 일상생활에서 자그마한 것을 잘 해내거나 사소하지만 나쁜 버릇을 고쳤을 때 즉시 해주는 칭찬이 큰 효과를 본다.

 즉시 칭찬하지 않고 한참 지난 후에 부모의 기분이 좋아졌을 때 칭찬하면 그 의미는 반감되며 아이는 부모의 기분이 좋아져야 칭찬을 받는다고 생각할 수도 있다. 그래서 행동할 때 부모의 감정 상태부터 살피는 역효과가 나타나기도 한다.

〈스피드 칭찬 대화〉

- "우와. 네가 그린 그림의 색깔들 좀 봐"
- "엄마가 냉장고 정리를 다 한 건 동생을 돌보아 준 네 도움이 정말 컸어"
- "네가 그 팀에 뽑히다니 엄마는 정말 기뻐"

스스로 한 일에 대해서 더 많이 칭찬한다

칭찬을 많이 하려는 이유 중의 하나는 아이가 스스로 할 일을 하게 하려는 데 있다. 그러므로 부모가 아이에게 시키지 않았는데 아이가 원하는 행동을 스스로 알아서 했을 때에는 더욱 많이 칭찬해주는 것이 필요하다. 이는 아이에게 성공할 수 있는 능력이 자라고 있다는 증거이기도 하므로 최고의 찬사를 해주어도 아깝지 않다.

부모가 좀 더 지혜롭고 현명하다고 한다면 자신의 아이 특성에 맞추어 한동안 아이를 관찰하고 칭찬을 받아들일 수 있는 때와 장소, 사건을 살펴 칭찬을 했을 때 더욱 효과적이다.

〈셀프 칭찬〉

- "알아서 방청소를 했구나. 참 잘했어"
- "우와! 오늘 아침엔 정말 빨리 옷을 입었구나"
- "그걸 끝냈다니 네가 정말 자랑스럽구나"
- "화분에 물을 주다니 꽃들도 웃고 엄마도 웃고 기분 정말 좋은데"

약속을 지켰을 때도 칭찬한다

보통 칭찬은 부모가 정한 일을 아이가 잘 따라주었을 때만 하게 된다. 반면에 하지 말라고 약속을 했을 때 약속한 일을 하지 않았을 때에는 당연하게 여기는 경우가 많다. 그러나 부모가 정한 일을 했을 때만이 아니라 하지 말라고 약속을 정한 경우에도 하지 않은 것도 약속을 이행한 것이기 때문에 칭찬을 해주어야 한다.

아이에게 하지 말라는 말을 한 후에도 관심 있게 지켜보다가 아이가 정말 그 행동을 하지 않을 때에는 칭찬을 해주는 것이 좋다. 그래야 아이의 행동이 지속될 수 있기 때문이다.

더욱 중요한 것은 아무리 좋은 칭찬도 무분별한 과장칭찬은 아이의 눈을 가린다는 것이다. 낙서를 보고 '천재'라고 칭찬하면 커서도 정당한 비판에 화를 내거나 기가 죽을 수 도 있다.

- "네가 세운 목표에 도달하니 아빠는 네가 참 대견스럽다고 생각해"
- "심부름을 의젓하게 잘 하고 나니 기분이 좋겠구나"
- "아침에 짜증내면서 일어나지 않기로 약속했는데 오늘 아침은 웃는 얼굴로 일어나니 예쁘구나"
- "책상이 지저분해서 엄마에게 혼나더니 이제 깨끗하게 정말 정리 잘하는 구나"

9장

자존감 활동지

활동지 지도 방법

♡ 1회 활동 시간은 50분으로 한다.

♡ 도입 단계에서는 5분 정도 사용한다.

♡ 도입단계에서는 활동지를 사용하는 활동목표와 유의사항과 활동지를 작성하는 방법을 안내한다.

♡ 활동지를 작성하는 방법은 정답이 없기 때문에 부담을 갖지 말고 최대한 자신의 생각을 진실하게 적도록 지도한다.

♡ 전개단계에서는 40분 정도 시간을 배정하고, 활동지를 작성하는 요령을 알려주고, 20분 정도 활동지를 작성하도록 한다.

♡ 개인의 속도에 따라 활동지를 해결하도록 지도한다.

♡ 일주일에 1회 이상 풀도록 지도한다.

♡ 활동지를 풀기 위해서는 먼저 충분히 설명해 주어야 한다.

♡ 잘 모르면 옆에서 친절하고 천천히 도와주어야 한다.

♡ 활동지를 전부 작성하게 되면 모든 학습자에게 작성한 내용을 발표하도록 한다.

♡ 학습자들은 다른 학습자가 발표하는 내용을 경청하며, 자신과 다른 점을 분석한다.

♡ 수업이 끝날 때는 자신의 소감을 발표하도록 한다.

♡ 활동을 마치면 5분 정도를 정리 단계에서 사용한다.

♡ 정리단계에서는 본시 학습에 대한 정리와 다음 학습을 예고한다.

행복 목록 적기

나를 행복하게 하는 것들을 전부 찾아서 도표에 적어 보세요.

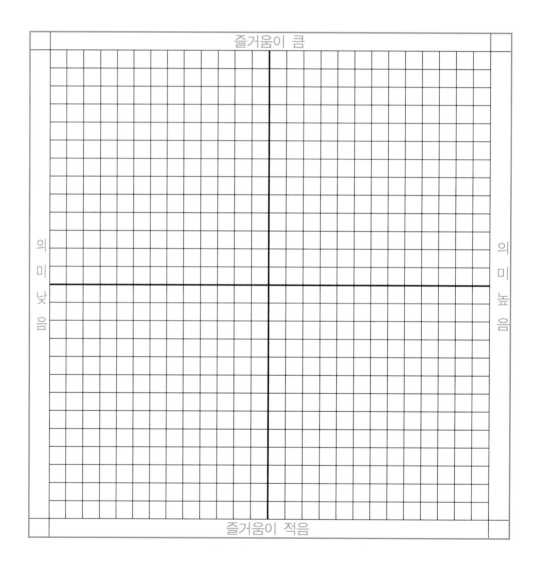

행복 마인드맵 그리기

행복이라는 주제로 마인드맵을 그려 보세요.

행복

자성 예언하기

■ 나의 성공 예언을 적어 발표해 봅시다.

1.

2.

3.

4.

5.

6.

7.

■ 나의 성공 예언을 발표한 후 생각한 것이나 느낌을 적어 봅시다.

나에 대한 기대감 적기

구분	내게 바라는 것	내가 되었으면 하는 것	내가 할 수 있는 것
부모			
형제			
친구			
선생님			
이성친구			
자녀			
기타			

나의 자랑 적기

1.

2.

3.

4.

5.

6.

나의 장점 적기

1.

2.

3.

4.

5.

6.

나의 생애 설계

수명이 100살이라고 가정하고 10년 단위로 하고 싶은 일, 갖고 싶은 직업, 필요 생활비, 취미, 살면서 이루어야 할 중요한 일을 적어 보세요.

나이	하고 있을 일	갖고 싶은 직업	취미	중요한 일
20대				
30대				
40대				
50대				
60대				
70대				
80대				
90대				
100대				

나의 인생 곡선

지금까지 살면서 기뻤던 일이나 슬펐던 일이 무엇인지를 나이순으로 도표에 표시하고, 앞으로 기쁜 일끼리 연결하고, 슬픈 일끼리 연결하여 그래프를 그려 보세요.

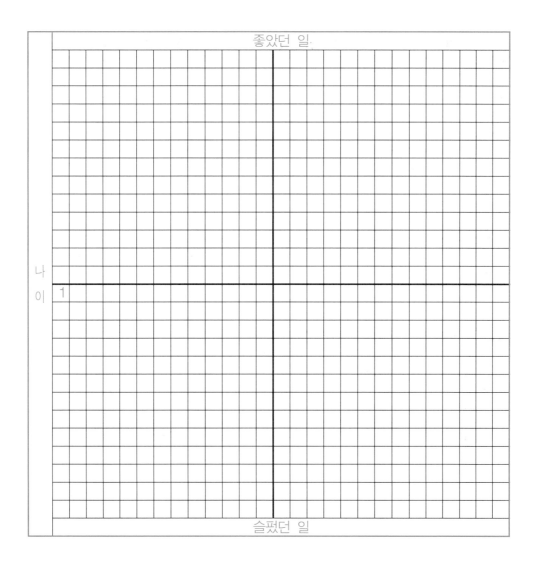

나의 버킷리스트

내가 하고 싶은 일, 갖고 싶은 것, 가고 싶은 곳, 먹고 싶은 것, 배우고 싶은 것을 순서대로 하나씩만 적어 보세요.

순서	하고 싶은 일	갖고 싶은 것	가고 싶은 곳	배우고 싶은 것
1				
2				
3				
4				
5				
6				
7				
8				
9				
10				

나의 실수

살면서 실수 한 경험을 적어보고 그에 대해서 어떻게 대응했는가를 적어보세요.

순서	실수 경험	대응 방법	지금 대응한다면
1			
2			
3			
4			
5			
6			
7			
8			
9			
10			

나의 완벽함

자신이 생각하는 완벽한 부분과 부족한 부분에 대해서 적어보세요.

순서	내가 완벽한 부분	조금 부족한 부분	완벽하지 못하면 생기는 일
1			
2			
3			
4			
5			
6			
7			
8			
9			
10			

나의 외모

나의 외모와 나의 이성 친구의 외모를 그려보세요. 그리면서 가장 자신있는 부분은 어디인지 생각해보세요? 어떻게 하면 인상이 더 좋아 보이게 할 수 있을까요?

자기 칭찬하기

자신에게 힘이 되는 칭찬 문구를 5개 적어보세요.

1.

2.

3.

4.

5.

자기 격려하기

자신에게 힘이 되는 격려 문구를 5개 적어보세요.

1.

2.

3.

4.

5.

지금 나에게 해주고 싶은 말

지금 나에게 해주고 싶은 문구를 5개 적어보세요.

1.

2.

3.

4.

5.

나의 자아 정체성

영역	내용
나의 성격의 장점은?	1. 2.
나의 성격의 단점은?	1. 2.
내가 잘할 수 있는 것은?	1순위 : 2순위 : 3순위 :
내가 잘할 수 없는 것은?	1순위 : 2순위 : 3순위 :
다른 사람의 행동 중 내가 좋아하는 것은?	
다른 사람의 행동 중 내가 싫어하는 것은?	
내가 힘들 때 어떤 생각 또는 행동을 하는가?	
가장 행복한 때는?	
성취감을 느낀 경험은?	
가장 기억에 남는 (인상 깊은) 경험은?	
가장 소중하게 생각하는 가치는?	

나의 효능감

평소에 자기 자신을 어떻게 생각하고 있는지, 자신이 느끼고 생각한 그대로 답해 주세요.

질문사항	예	아니오
1. 지금의 나 자신과는 다른 사람이 되었으면 좋겠다.		
2. 나는 사람들 앞에서 말하는 것이 두렵다.		
3. 만약 가능하다면 나 자신에 대하여 바꾸고 싶은 것이 많다.		
4. 나는 어떤 일이든지 쉽게 결정하기가 어렵다.		
5. 나는 재미없는 사람이다.		
6. 나는 자주 화를 낸다.		
7. 나는 새로운 것에 적응하는 데 오랜 시간이 걸린다.		
8. 나는 친구들에게 인기가 없다.		
9. 나는 다른 사람들이 하자는 대로 잘 따라간다.		
10. 때때로 나 자신이 싫어질 때가 있다.		
11. 나는 내 자신을 신뢰하지 못한다.		
12. 나는 외모에 자신이 없다.		
13. 나는 나의 가치를 모르겠다.		
14. 나는 하고 싶은 말을 참고 산다.		
15. 나는 다른 사람들에게 호감을 주지 못한다.		

16. 나는 무슨 일이든지 힘들어 한다.		
17. 나는 실천력이 떨어진다.		
18. 친구들에 비해 내 얼굴은 너무 못생겼다.		
19. 나는 부족한 것이 많다.		
20. 나는 매사에 의욕이 없다.		

★ 내가 매우 자신 있게 '예'로 대답한 것을 찾아 적어 봅시다.

예로 답한 문항	이유는

★ 앞으로 내가 자신감을 가졌으면 하는 항목을 찾아 적어 보고 내가 자신감을 갖기 위해서는 어떤 노력을 더 해야 할지 적어 보세요.

나의 장점과 단점 보완하기

나의 장점을 찾아서 살리고, 단점을 찾아 보완하는 방법을 적어보세요.

장점	살리는 방법

단점	보완하는 방법

나의 감정 찾기

아래의 표에서 나에게 해당되는 단어들을 동그라미해 보세요. 그리고 자신에게 해당되는 단어가 몇 개인지 항목별로 적어보세요.

희(喜) 기쁨	감격스러운, 감동적인, 감사한, 고마운, 고무적인, 기쁜, 고전적인, 날아갈 듯한, 놀라운, 가벼운, 눈물겨운, 든든한, 만족스러운, 뭉클한, 반가운, 벅찬, 뿌듯한, 살맛나는, 시원한, 싱그러운, 좋은, 짜릿한, 쾌적한, 통쾌한, 포근한, 푸근한, 행복한, 환상적인, 후련한, 흐뭇한, 흔쾌한, 흥분된
노(怒) 노여움	가혹한, 고통스러운, 괘씸한, 괴로운, 구역질나는, 기분이 상하는, 꼴사나운, 끓어오르는, 나쁜, 노한, 떫은, 모욕적, 무서운, 배반감, 복수심, 북받친, 분개한, 분노, 불만스러운, 불쾌한, 섬찟한, 소름끼치는, 속상한, 숨막히는, 실망감, 쓰라린, 씁쓸한, 약오르는
애(哀) 슬픔	걱정되는, 고단한, 고독한, 고민스러운, 공포에 질린, 공허한, 괴로운, 구슬픈, 권태로운, 근심되는, 기분 나쁜, 낙담한, 두려운, 마음이 무거운, 멍한, 뭉클한, 미어지는, 부끄러운, 불쌍한, 불안한, 불편한, 불행한, 비참한, 비탄함, 서글픈, 서러운, 섭섭한, 암담한, 앞이 깜깜한, 애석한, 애처로운, 애태우는, 애통한, 언짢은, 염려하는, 외로운, 우울한, 울적한, 음울한, 음침한, 의기소침한, 절망적인, 좌절하는, 증오하는, 지루한, 찹찹한, 참담한, 창피한, 처량한, 처참한, 측은한, 침통한, 한스러운 허전한, 허탈한, 허한, 황량한

락(樂) 즐거움	가벼운, 가뿐한, 경쾌한, 고요한, 기분 좋은, 담담한, 명랑한, 밝은, 산뜻한, 상쾌한, 상큼한, 신나는, 유쾌한, 자신 있는, 즐거운, 쾌활한, 편안한, 홀가분한, 활기있는, 활발한, 흐뭇한, 흥분된, 희망찬
애(愛) 사랑	감미로운, 감사하는, 그리운, 다정한, 따사로운, 묘한, 뿌듯한, 사랑스러운, 상냥한, 순수한, 애뜻한, 열렬한, 열망하는, 친숙한, 포근한, 호감이 가는, 화끈거리는, 흡족한
오(惡) 미움	고통스러운, 괴로운, 구역질나는, 귀찮은, 근심스러운, 끔직한, 몸서리치는, 무정한, 미운, 부담스런, 서운한, 싫은, 싫증나는, 쌀쌀한, 야속한, 얄미운, 억울한, 원망스러운, 죄스런, 죄책감, 증오스러운, 지겨운, 짜증스러운, 차가운, 황량한
욕(欲) 바라다	간절한, 갈망하는, 기대하는, 바라는, 소망하는, 애끓는, 절박한, 찝찝한, 초라한, 초조한, 호기심, 후회스런, 희망하는

희(喜) - 기쁨	개	애(愛) - 사랑	개
노(怒) - 노여움	개	오(惡) - 미움	개
애(哀) - 슬픔	개	욕(欲) - 바라다	개
락(樂) - 즐거움	개		

참고 문헌

가토다이조(2004). 격려 속에서 자란 아이가 자신감을 배운다. 열린책들

김경희(2003). 아동심리학. 박영사

김동규(1994). 부모의 지혜. 백수사. 1994

도리스 페이버(2009). 대통령의 어머니들. 문지사

박미자(2001). 투정많은 아이 친구 많은 아이. 동아일보사

빌 클러포드 지음. 김경근 옮김(2004). 내 아이를 바꾸는 마법의 대화. 황매

신의진(2005). 현명한 부모들이 꼭 알아야 할 대화법. 랜덤하우스중앙

스와 고이치(2004). 교사의 마음을 제대로 전하는 대화의 기술. 양철북

스티브 비덜프(1999). 아이에게 행복을 주는 비결. 북하우스

윌리엄 시어스(2004). 현명한 부모는 아이를 스스로 변하게 한다. 친구미디어

윌리엄 제임스 지음. 정명진역(2018). 심리학의 원리. 부글북스

율리아 레이기펜테르(2005). 내 아이와 어떻게 대화할 것인가. 써네스트

이정숙(2006). 자녀의 성공지수를 높여주는 부모의 대화법. 나무생각

이토 아키라(2005). 긍정적인 말 한마디가 등 아이 만든다. 예문

조선미(2006). 부모마음 아프지 않게 아이마음 다치지 않게. 한울림

전도근(2018). 나를 행복하게 하는 자존감. 교육과학사

전도근(2018). 나를 행복하게 하는 자존감 향상활동지. 교육과학사

진경혜(2006). 아이의 천재성을 키우는 엄마의 힘. 랜덤하우스코리아

존 그레이(2003). 화성남자와 금성여자의 아이를 현명하게 키우는 비결. 들녘미디어

존 로스몬드 지음. 이은희역(2006). 아이를 사랑한다면 엄격하게 키워라. 즐거운 상상

케이트 켈리 지음. 임승호역(2004). 아이에게 필요한 칭찬과 꾸중은 따로 있다. 랜덤하우스 중앙.

호시이치로(2002). '말 한마디에 우리 아이가 확 달라졌어요. 프리미엄북스.

히라이 노부요시(2002). 부모가 해야 할 일 하지 말아야 할 일. 오늘의 책

켄 블랜차드, 타드 라시나크, 처크 톰킨스 외 1명 지음. 조천제역(2018). 칭찬은 고래도 춤추게 한다. 21세기북스

아이의 자존감을 높이는 대화법

초판1쇄-2019년 2월 1일

지은이-송유순·조정숙
발행인-이규종
펴낸 곳-예감출판사
등록-제2015-000130호
주소-경기도 고양시 일산동구 공릉천로 175번길 93-86
전화-031)962-8008
팩시밀리-031)962-8889
홈페이지-www.elman.kr
전자우편-elman1985@hanmail.net
ISBN - 979-11-89083-44-1(13800)

값 14,000원